EL MUERTO HABLA

LAS LETRAS DEL CHAMALONGO

-RAUL DOMINGUEZ-

Copyright © 2020-RAUL DOMINGUEZ

Todos los derechos reservados.

ISBN: 9798639388637

A Manuel

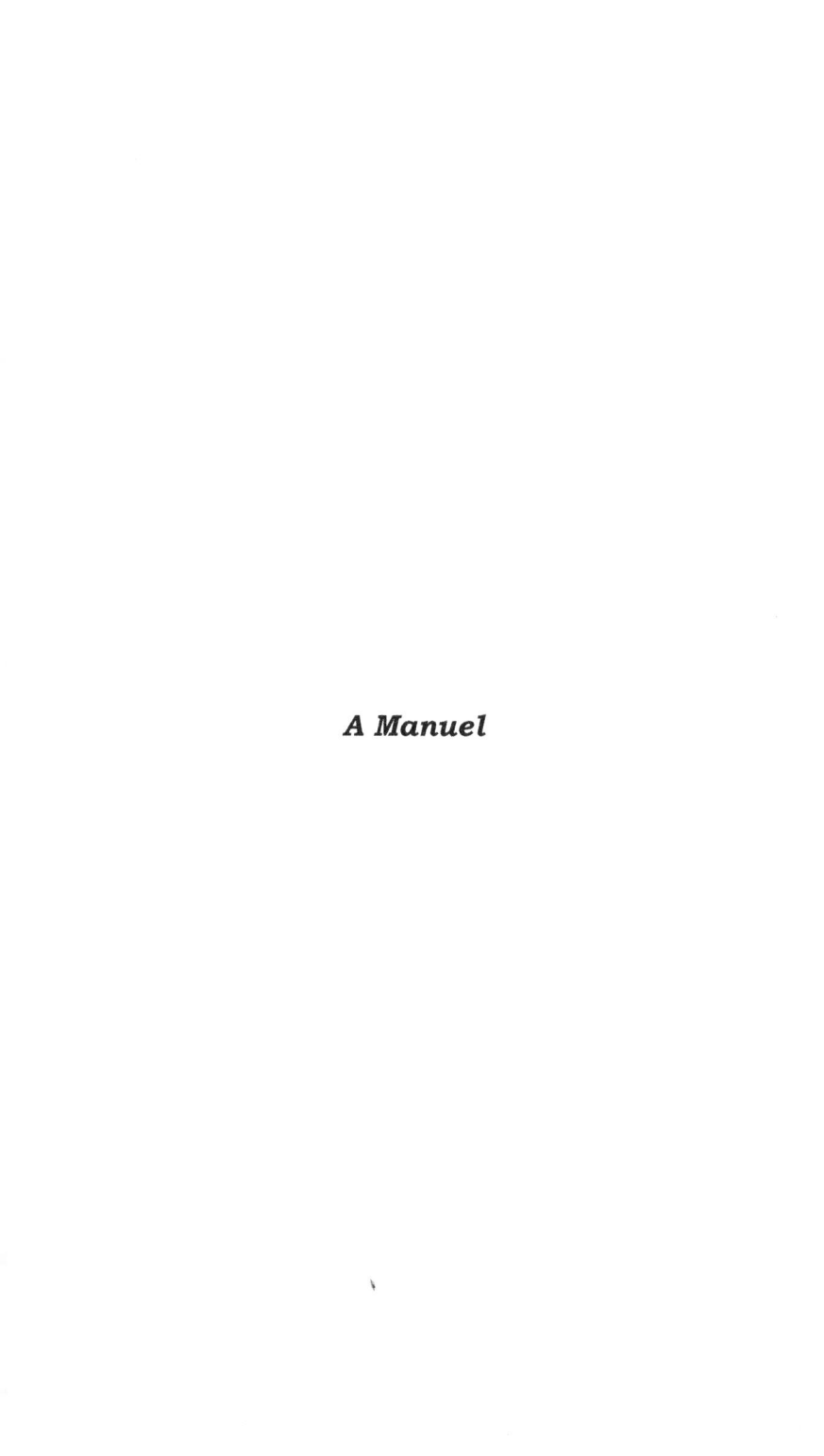

El Espíritu y la Nganga

*El término **alma** o **ánima** (del latín anima) se refiere a un principio o entidad inmaterial e invisible que poseerían los seres vivos y cuyas propiedades y características varían según diferentes tradiciones y perspectivas filosóficas o religiosas.*

*El **alma** es el componente espiritual de los seres vivos. El alma incorpora el principio vital o esencia interna de cada uno de estos seres, gracias a la cual estos tienen una determinada identidad, no explicable a partir de la realidad material de sus partes. Obviamente, el avance del conocimiento científico ha permitido explicar progresivamente los aspectos biológicos en términos bioquímicos y biofísicos, sin necesidad de acudir a los aspectos inmateriales.*

Los principios fundamentos del espiritismo son:

- *La existencia y unicidad de <u>Dios</u>*

- *La existencia de los <u>espíritus</u>: el ser humano es un espíritu ligado a un cuerpo (mediante una conexión denominada periespíritu). Los espiritistas definen con el término <u>alma</u> al espíritu cuando esta ligado a un cuerpo (es decir cuando esta encarnado). El espíritu es un ser inteligente, individual (antes y después de la muerte) e inmortal.*

- *Comunicabilidad de los espíritus (<u>mediumnidad</u>): La posibilidad de comunicar con los espíritus encarnados (vivos) y desencarnados (muertos) mediante la mediumnidad.*

- *La <u>reencarnación</u>: es el proceso natural que permite encarnar sucesivas veces con la función de permitir el perfeccionamiento de los espíritus. Implica la evolución o progreso de los espíritus en un* *proceso análogo y complementario de la evolución biológica. Es un concepto prestado del hinduismo.*

- *No existe el <u>cielo</u> ni el <u>infierno</u> eternos: la felicidad o infelicidad relativas después de la muerte las determina el estado moral y psicológico del individuo. Este concepto fue prestado del hinduismo.*

Además de esto se pueden aceptar como características secundarias:

- *El concepto de creación igualitaria de todos los espíritus, «simples e ignorantes» en su origen, y destinados invariablemente a la <u>perfección</u>, con aptitudes idénticas para el bien o para el mal, dado el libre albedrío. (Este concepto derriba la creencia en <u>ángeles</u> o <u>demonios</u> como seres creados aparte y condenados eternamente al bien o al mal)*

EL MUERTO HABLA

El cuadro espiritual es el conjunto de espíritus que le es asignado a cada ser humano en el momento de su nacimiento, que se relaciona entre sí en armonía y con funciones determinadas para un mismo objetivo, dicho cuadro es diferente para cada persona y de cantidad variable según las necesidades y destino marcado.

Por ejemplo, un niño que al nacer presenta múltiples complicaciones, que pueden incluso causarle la muerte, se le es asignado un mayor número de espíritus que le ayuden y le permita continuar viviendo sin dificultad. Así también es el caso de aquellas personas que se les marca un destino en el ambiente religioso para lo cual le serán de ayuda gran numero de espíritus en su cuadro espiritual, entre otros ejemplos.

Han surgido con el decursar de los años disimiles hipótesis sobre porque tenemos cuadro espiritual, algunos consideran, como se dijo anteriormente, que su función es la de ayudar y guiar a las personas, así como protegerlas, otros creyentes consideran que son espíritus que se incorporan a medida que la persona crece por mera simpatía y que en un momento determinado serán utilizados para el trabajo religioso, también muchas personas creen que deidades envían uno o varios espíritus que los represente en la vida.

De manera general se podría concluir que todas estas hipótesis tienen gran parte de realidad, ya que el cuadro espiritual de cada ser humano es asignado desde que se nace, no cabe duda el hecho que todos estos espíritus son de gran ayuda, pues son enviados por las diferentes deidades y el ángel de la guarda, que envía un espíritu encargado de organizar y dirigir el cuadro espiritual, conocido como "el guía espiritual". Y no es menos cierto que muchos espíritus se incorporan al cuadro espiritual de manera voluntaria, por simpatía.

Un factor importante en la conformación del cuadro espiritual son las promesas que se realizan a diferentes entidades, las cuales se aseguran su cumplimiento enviando un espíritu que acompañará a esa persona hasta el día de su muerte.

En el cuadro espiritual hay diferentes jerarquías, y eso depende del potencial que posea cada espíritu y su desarrollo.

Cuando se efectúa una misa de investigación del cuadro espiritual se puede observar que primeramente se muestran los espíritus de defensa, estos son los que nos asignan las deidades en momentos de necesidad, También están los que se incorporan algunos a cambio de luz ofrecen protección y se unen a este primer grupo ubicado en la "línea de defensa".

Luego se hace ver el guía espiritual o el espíritu de más fuerza en el cuadro, quien siempre ha velado, controlado y hasta manipulado el carácter y comportamiento de la persona, pues es bueno reflejar que a medida que este espíritu va desarrollándose, en su relación con la persona, esta adopta sus rasgos más característicos en cuanto a sentimientos que pudo tener en el ayer, gestos específicos, frases que solía decir independientemente del idioma que pudo haber hablado ese ser, los gustos y paladar, en fin, que hasta sus dolencias si no tenemos precaución, es decir, si un espíritu de manifestación fuerte en el cuadro espiritual, no tiene que ser precisamente el guía espiritual, en el ayer fue sordo, en ocasiones la persona dejará de escuchar, esto es debido a que en ese momento de sordera el espíritu está muy cerca de la persona y todos sus sentidos estarán expuestos en ella. Este espíritu pudo ser enviado por una deidad con un motivo muy poderoso y es por eso que el espíritu viene con una influencia muy fuerte, o pudo ser asignado por el ángel de la guarda de la persona. Y este deberá ser el espíritu guía que se corone para un correcto enlace entre el santo que rige a la persona y el muerto guía espiritual.

Todos pueden comprender que cada ser humano posee un ángel de la guarda, y no es más que un santo asignado desde su primer latido para guiarle y asistirle durante su paso por la vida, esta deidad le asignará un espíritu a esa persona con el fin que lo represente en la vida, y es lógico explicar que a la hora de necesitar a ese santo, quien recurrirá a nosotros será ese espíritu con tendencia a ese santo, con sus características, gestos, deseos y virtudes, y que solo a través de él es que hacemos llegar nuestras necesidades e inquietudes a la deidad.

Luego se mostrarán los espíritus con mayores potencialidades y que darán su nombre y así hasta los más débiles, que muchas veces no reconocen ni quiénes son, pero no dejan de ser espíritus que sirven a la persona.

LAS TENDENCIAS

Ya se mencionó el caso de los espíritus enviados por deidades que pueden ser o no guías espirituales y que adoptan características del santo, esto pasa con todos los santos.

En misa se corre el riesgo de equivocarse en cuanto a ubicar un espíritu y demostrar su tendencia con una deidad especifica, hay veces que ese espíritu no confía en el espiritista y no da su nombre, o trata de confundirle, en estos casos se describe y hará falta más de una sesión para asegurarse.

Los espíritus con tendencia a una deidad se muestran de la siguiente manera:

TENDENCIA	*RASGOS*
Lucero Mundo **4 Vientos**	*Generalmente son niños, que pueden ser de cualquier raza, en*

Eleggua (Yoruba) *su mayoría negritos bien oscuro, juguetones o serios con mucha responsabilidad, en este ultimo caso puede ser debido a poseer tendencia material al caldero de Lucero Mundo en la Regla Palo Monte.*

Se pueden mostrar adolescentes con sombreros con plumas y siempre llevaran un garabato generalmente de guayaba. La mayoría le teme a las serpientes aunque existen casos en que vienen representados con una serpiente,

EL MUERTO HABLA

fuma mucho tabaco, se mueve vertiginoso sin dejar de poseer un espíritu infantil.

También lo encontramos muy mayor con barba y viste con ropa de saco y siempre viene sentado, se llega a confundir con San Lázaro pero este lleva una cinta en la frente de color rojo o negra y es una tendencia de Eleggua en un tratado Haitiano.

El color de la ropa de estos espiritus puede ser en su mayoría una combinación de negro y rojo, puede ser negro y blanco, o rojo completo, también se viste en saco, pero se debe tomar la ropa solo como un dato de referencia, debido a que si el espíritu no murio en el tiempo de los esclavos puede mostrarse con otros atuendos, incluso colores.

Entre los posibles nombres que pueden dar están:

Ta´ Julian

Ta´ Paulé

Ta´ Mauricio

Tiembla Tierra	*En su generalidad*

Virgen de las Mercedes

Obbatalá(Yoruba)

son viejos con tanta claridad de imagen que puede llegar a cegar, de raza negra mayormente y vestidos de blanco con pantalones o batones largos, de carácter pacifico y expresión flemática pero firme e imperativa, pueden aparecer con bastones largos de palos torcidos y una mirada penetrante. Se muestran algunos mas jóvenes y vigorosos con rasgos combativos y con ropaje blanco y rojo y algunas veces turbante que llega a confundirse con un árabe, o en algunos casos con changó, pero es uno de sus caminos donde salió a pelear y en la regla Yoruba se le llama Baba Ayagguna.

Se pueden ver hombres y mujeres con tendencia a este santo y solo se podrá determinar si posee una cierta tendencia meterial si se ve trabajando con algún caldero de brujo o él lo pide.

Entre los nombres que pueden dar están:

EL MUERTO HABLA

Ta´ Manuel

Ta´ José de las Lomas

Ña´ Merce´

Mercedes

Madre Agua **Virgen de Regla** **Yemayá(Yoruba)**	*Casi siempre es mujer, de complexión gruesa, bien formada, y de carácter dominante pero a la vez muy maternal, generalmente viste de azul y colores similares como verde aqua , en ocasiones se presenta combinada en azul y blanco o con una saya de muchos colores pueden ser 7 rayas horizontales o*

9 verticales, turbante en la cabeza algunas veces son 7 las sayas que lleva puesta, se siente al llegar una brisa suave y cierto frescor, puede mostrarse con cosas en las manos como un melón, una canasta, una tinaja, caracoles, etc.

Entre los nombres que pueden dar están:

Ma´ Francisca

Ma´ Pancha

Ma´ Julia

Ma´ Dionisia

Regla

Mamá Chola

Caridad del Cobre

Oshun(Yoruba)

Son mujeres alegres, zalameras y coquetas. Que pueden ser Gitanas: en cuyo caso tienen diferentes características asi como habilidades y funciones como tirar las cartas, o leer las manos, otras solo bailan y asi depuran a la persona, algunas son defensa y vienen con cuchillos. En su mayoría son trigueñas aunque se han visto pelirojas, castañas e incluso rubias.

Las Congas tienen

cierta similitud a las madre agua pero con la diferencia que estas son mas salsosas y muy coquetas, al mostrarse se tiende a sentir cierto dulzor en el paladar y una sensación de protección, el carácter es variable y rie mucho a carcajadas.

Entre los nombres que pueden dar están:

Ma. Josefa

Maria luisa

Maria Juana

Maria Cristina

Ma´Concha

7 Rayos	*Aunque se le otorga este nombre de Sta. Bárbara en la Religion Catolica, es una tendencia masculina netamente. Sus hijos mujeres, al morir se mostraran como una tendencia suave de gitanas, con habilidades como la cartomancia y lectura de caracoles, vestidas con los colores caracteristicos de esta deidad (blanco y rojo)etc.*
Santa Bárbara	
Changó(Yoruba)	

Los hijos hombres ocuparan una tendencia a material

en la mayoría de los casos. Se mostrará este como un hombre vertiginoso con una banda cruzada de tela roja o roja y blanca o blanca en algunos casos, generalmente cojean de la pierna izquierda y al bailar dan saltos muy altos, de expresión fuerte e impetuosa, de ojos saltones y muy divertido, siente una fuerte atracción por la jicotea y las mujeres.

Entre los nombres que pueden dar están:

Ta´ José

EL MUERTO HABLA

Ta´Francisco

Ta´Julian

Sarabanda **Oggun(Yoruba)**	*Con similares características que 7 Rayos pero con rasgos mas serios, de poco bailar y movimientos mas bruscos, pocas veces se le ve con ropa, en la mayoría de los casos solo se cubre sus partes, otras veces se muestra con un pescador roto de color indefinido y se cubre la cabeza con una pañoleta verde o negra, anda con un machete que afila constantemente contra el piso y fuma*

tabaco mientras habla y trabaja. Se caracteriza por andar con un perro negro y pieles.

Entre los nombres que pueden dar están:

Ta´ José

Ta´Norberto

Ta´Jacinto

Ta´Domingo

Centella **Santa Teresa de Jesus** **Oyá(Yoruba)**	*Tiene varias proyecciones y todas pueden ser material hasta la mas dulce de sus formas que es la de una monja.* *En su forma Conga*

EL MUERTO HABLA

se puede ver como una mujer temperamental con mucha fuerza y se muestra con accesorios en la mano que pueden ser en diferentes casos un plumero de cola de caballo(llamado Iruke en la regla Yoruba), una vaina de frambollan, manillas de bronce, cadenas que arrastra, animales exóticos como serpientes de tamaño impresionante y en ocasiones se le ha visto con un pájaro en el brazo. El ropaje es de colorines y que predomine el vino tinto y el verde, algunas veces se ve vestida con sayas de zaraza y de nueve colores en forma vertical.

Entre los nombres que pueden dar están:

Ma´ Josefa

Ma´Rufina

Maria Gloria

Maria Julia

En otros casos puede mostrarse como una mujer vestida toda de blanco con paños y velo, de tez muy blanca y mirada

EL MUERTO HABLA

penetrante, también trae cadenas o se sienten a su llegada, en todos los casos viene gritando para espantar todos los espiritus obsesores y malas influencias, incluso para atemorizar a la muerte y mantenerla alejada. En este ultimo caso solo se le puede asociar con un espectro de tendencia a Santa Teresa que puede ser llevada al campo material, pero no da su nombre y muy pocas veces habla, se entiende que solo viene a personificarse para darse a conocer o solo para depurar el lugar cargado de energias negativas.

En el caso de verse como una monja, se le acredita la tendencia a la Sta. Teresa igualmente por su devoción a la orden de las carmelitas descalzas, esta aparece pocas veces y aunque es un espíritu con mucha luz, no opina acerca de las practicas de brujería en la regla de Palo Monte. En ciertos casos se le ha tenido que materializar debido a tratados que poseen sus hijos y llevarla a un plano de convencimiento para introducirla en un caldero de Brujo y acreditarle la tendencia a Centella Ndoki, después de este pacto no se vuelve a mostrar como una monja y comienza a verse después como un espíritu material de centella o sea como una Conga.

Entre los nombres que pueden dar las Monjas están:

Teresa

Lucia

EL MUERTO HABLA

Rita

Margarita

Elena

Luna

Maria

Coballende	*Se muestra viejo, a rastras generalmente y viene echando espuma por la boca, en otros casos se ha visto sentado con muchos granos en el cuerpo o cayéndosele la piel, también andando con muletas, en todos los casos viste de saco y emplea una cartera que le cuelga de un hombro para guardar*
San Lazaro	
Asowano(Yoruba)	

cosas que encuentra o saca de ahí algunos objetos para mostrar. De aspecto seguro y una fuerza descomunal, fuma tabaco y acepta que le ofrezcan aguardiente y vino seco. Suele verse como un hombre de unos 40 años con muletas y una barba rasante a la cara, vestido todo de negro y con unas cintas en la cabeza, muñecas y piernas de tela de saco, y tiende a dar a quien lo ve un fuerte dolor de cabeza y en todas las articulaciones.

EL MUERTO HABLA

Entre los nombres que pueden dar están:

Ta´Norberto

Ta´ Jacinto

Calixto

Lazaro

Solo poseen tendencia material aquellos que en vida fueron jurados o consagrados por alguna regla religiosa.

Ejemplo: Si una persona fue rayada en la regla de Palo sobre Lucero Mundo y montó un fundamento de esta entidad, entonces sin lugar a dudas estaremos en presencia de un espíritu con tendencia material a Lucero Mundo.

En los casos de los hijos de Eleggua con Santo hecho, al morir su espíritu pertenecerá a esta deidad, y al ser asignado a alguien será visto como un espíritu con tendencias a este santo y con características similares que pudo adquirir en vida y después de muerto.

El objeto de adoración más importante en la Regla "Palo Monte" es la Nganga (También se dice Prenda, fundamento o Mpungo). La Prenda es una cazuela de hierro o barro en que un poco de todos los elementos del mundo está en él. La Prenda es un mundo pequeño. Es con esto que trabaja un palero, esto es uno de los puntos de conexión entre este mundo y las fuerzas de la naturaleza y los ancestros. Sobre este objeto se inicia personas, se jura, se cura, se resuelve problemas, se vive y se muere.

El nfumbe son los huesos que recogemos del cementerio perteneciente a un difunto que a este previamente se le interroga para ver si se va con el palero para trabajar en el caldero que se pretende fundamentar.

Este nfumbe vivirá dentro del caldero y será un esclavo del espíritu con tendencia a Mama Chola que posee la persona (en este caso). En otros casos que la persona no posea ningún espíritu con tendencia material al fundamento que se propone, se busca un nfumbe en el cementerio con cierta tendencia, que sea hijo de Ochún,(por ejemplo en este caso), y este será entonces un esclavo de la persona.

En ambos casos cuando la persona muere, su espíritu guía pierde el lazo que le une a esta y se va, aún así el nfumbe permanecerá atrapado en el caldero haciendo la voluntad del descendiente de esa persona, y si no posee descendiente el mismo nfumbe señalará a quien empezará a servir. A estas prendas con nfumbe se les denomina "PRENDAS MATERIALES". De montarse una nganga sin nfumbe sí debe poseer un espíritu con tendencia a este fundamento para que trabaje en el caldero, y será reconocida como "PRENDA ESPIRITUAL".

El nfumbe se busca siempre que el guía espiritual lo pida o no se posean espíritus con tendencia material.

REQUISITOS PARA EL NFUMBE

El nfumbe que se saca del cementerio debe tener no menos de 7 años de muerto para que esté bien asentado, de tener poco tiempo de muerto y el palero sea un inexperto puediera atormentarle en el mejor de los casos, en lo peor podría llegar a matarlo. Este nfumbe se entierra con la nganga madre (la primera que se monta, la del guía espiritual), para que aprenda a trabajar y coja las energias de la naturaleza y los poderes del monte.

A la nganga se le ponen palos en la Regla de Palo Monte pues se entiende que cada palo posee un espíritu y con este espíritu viene un tratado que simbra a cada palero. Despues de efectuar la ceremonia de Rayamiento, en el itá se saca el palo que simbra al nuevo Tata y este palo poseerá un espíritu que hará pacto con la persona mediante un tratado místico que permitirá a su dueño ser reconocido en el monte.

Además se sacará la firma, que no es más que un símbolo con que también será reconocido. Dentro de la regla en algunas casas al rayar de Tata Nkisi malongo a la persona se le hace la firma de la deidad a la que pertenece en el homoplato izquierdo para que esta lo reconozca, esta firma puede ser vista por médium en labores espirituales, cajones, misas y cualquier otra ceremonia religiosa.

Tambien existen tratados de ngangas judías para trabajar para el mal, algunos las reconocen como el **fundamento del Diablo** *y se hace sobre la nganga material al momento de fundamentarse en vez de echarle agua de vida, se le echa solo agua de lluvia, tampoco lleva crucifijo y su fabricación debe llevarse a cabo un viernes santo o en luna llena. El nfumbe para esta* *nganga puede tener cualquier tiempo de muerto y se le sacrifican animales como el gato, la tiñosa, perros negros, etc. Y se cubre con tierra de 9 sepulturas y rayadura de Palo Diablo y Palo Canilla de Muerto.*

Cómo determinar el Guía Espiritual de una persona

No solo se debe conocer al de mayor fuerza en el cuadro espiritual, ni el segundo visto por los médium, pues puede un espíritu con tendencia a Tiembla Tierra poseer mayor fuerza que uno con tendencia a Madre Agua y ser este ultimo el guía espiritual.

¿Cómo se sabe?

Primero observamos a la persona, sus rasgos y características, su conducta en general, manifestaciones y demás comportamiento y luego pasamos a determinar su ángel de la guarda ya sea por bajada del Caracol o Mano de Orula, luego en misa de investigación buscamos similitudes entre el comportamiento de la persona, el ángel de la guarda y los espíritus que apreciamos, por ejemplo si al determinar el ángel de la guarda le sale Yemayá, buscaremos en la investigación algún espíritu con esta tendencia y que se muestre bien definido y con cierta fortaleza, aunque no sea total, podemos asumir que es el guía , a no ser que se hayan equivocado al determinarle el ángel de la guarda, por eso es que es tan importante la misa espiritual y que se efectúe con la mayor certeza, pues de esto depende un buen desarrollo espiritual de la persona y una relación entre su ángel de la guarda y el guía espiritual.

¿Cuántas personas dan tambor a Changó? ¿Y Changó va a bajar a todos los tambores a la misma vez?, ¿Incluso hablar en cada tambor a la misma vez y en idiomas diferentes?, ¡puede ser un santo, pero no

para tanto! Entonces es que se afirma que quien está en esos tambores es el espíritu de esa persona con tendencias desarrolladas y que ha sido coronado a su ángel de la guarda, en este caso Changó. Y esa es la explicación a que no se deban montar en tambor aquellas personas que no tienen santo hecho. Aunque en algunos casos es difícil controlar la fuerza de estos espíritus y su influencia llega a la persona y la aturde o descontrola, algunos hasta se desmayan. Están también los que han hecho una coronación de ese espíritu al ángel de la guarda y también el espíritu los puede tocar en el tambor.

Puede verse el caso de que a la persona no se le haya hecho una buena investigación y la relación entre espíritu guía y ángel de la guarda no tenga enlace y este nunca se subirá en tambor alguno. No quiere decir que quien no se suba en tambor con santo hecho sea por una situación como esta, también existen personas que no se pueden subir porque su médium no ha sido destinado para eso.

Hoy en día se ven muchas personas con santo hecho y no es porque lo necesiten, sino porque "ESTÁ DE MODA". Tiempos atrás la religión tenia sus tabúes y los santeros escogían sus ahijados según sus problemas. Ahora no importa cuál sea la causa, la solución será siempre hacerle santo. Por eso es que hay tantos santeros sin "ACHÉ".

Se entiende que al hacerse santo se recibe para el nacimiento el aché de los ancestros y el del padrino. Los ancestros serán aquellos espíritus que fueron asignados al momento del nacimiento, y que aportarán aché de la tendencia a la que correspondan, si la persona no posee espíritus con tendencia material a la deidad, siempre está la opción de no hacerle nada religioso debido a que no lo necesita.

El ser humano nace con un destino que es

EL MUERTO HABLA

marcado por los espíritus que posee y por el ángel de la guarda, y este es determinante en cada persona. Quien viene al mundo para coronar Ocha, será siempre un gran santero, el que nazca para trabajar las fuerzas místicas de los muertos, será un curandero o brujo muy poderoso, al que le otorgaron dones de visión, oído, sentidos, etc, siempre será un muy buen médium, pero este al que no le otorgaron dones, ni domina los poderes de los muertos, ni posee una tendencia firme a su ángel de la guarda, puede que corone Ocha, o Rayarse en palo y poseer cualquier cantidad de calderos, incluso adentrarse en el campo espiritual, que le costará mas trabajo alcanzar la cima. El destino no se puede cambiar, solo se podrá modificar la forma de llegar a él.

Así pasa en todas las Reglas, cuando se hacen misas antes del Rayamiento, se determina en esta si la persona posee espíritus con tendencia material y si uno de ellos es el guía, si es así se procede a rayar la persona encima del fundamento al que hace tendencia característica esta entidad guía y más adelante cuando fundamente un caldero será este el primero para que ese guía espiritual tome posesión del mismo y se fortalezca.

Han existido casos en los cuales se procede al Rayamiento antes de determinar angel de la guarda por lo cual no se conoce cuál debe ser su guía espiritual, y es determinado aquel que presenta mayor fuerza, que en este caso resultó ser un espíritu con tendencia a 7 Rayos, la persona es rayada encima de este fundamento e incluso pasa a esta entidad, si esta persona decide dedicarse solamente al Palo no existirá ningún problema en su vida futura. Pasado un tiempo decide coronar Ocha y le sale como ángel de la guarda Oshún, y en misa de coronación deciden no coronar a este espíritu con tendencia a 7 Rayos por la incompatibilidad dentro de la regla yoruba entre Changó y Oshún, siendo coronada una gitana que no posee el aché suficiente para ser el guía espiritual y dar fuerza a esa Oshún que va a nacer.

Resultado final:

El muerto sobre el que se rayó deja de trabajar, el santo nace débil, existe un desorden entre los espiritus que componen el cuadro espiritual llevando a la persona por situaciones difíciles.

Posible solución:

Investigar en su cuadro espiritual si la persona posee un espíritu congo con tendencia a Chola, de ser así tratar de materializarlo con una nganga para fortalecer el ángel de su guarda y darle luego de comer a este de su cabeza.

En caso de no poseer este espíritu en el cuadro, puede buscar en el cementerio un nfumbe que en vida haya sido hija de Oshún, preferentemente coronado y montar

EL MUERTO HABLA

la nganga con este espíritu. Existe también un tratado muy antiguo que habla de cierto espíritu que vive en un almendro nacido cerca de un rio y entre sus raíces se hace una ceremonia para llevarse este ente que trabaja con Chola y con él montar el fundamento que luego se investiga si quiere un nfumbe o no.

Otro caso puede ser el de un hijo de Eleggua, con su angel de la guarda determinado, y en misa de investigación del cuadro se hace ver un espíritu con tendencia a 7 Rayos con mucha fortaleza, que incluso logra una comunicación con esta persona y esto sin lugar a dudas es lo que todo el mundo desea de un espíritu, este ente cumple con todos los requisitos para ser el guía espiritual de esta persona, solo por una cosa no debe serlo, y es que esta persona va en un futuro a hacerse santo y esta entidad no coincide con su angel de la guarda. Profundizando en misa se observó un espíritu niño, sin mucho desarrollo, con tendencia a Lucero Mundo, el cual debía ser el guía espiritual y surge la interrogante ¿Cómo cambiar la jerarquía en el cuadro espiritual de esa persona?

Primero se lleva a la persona a un desarrollo espiritual y se debe dar una serie de misas al espíritu que se desea evolucionar. Luego se hace una coronación de este espíritu con tendencia al ángel de la guarda de esa persona y a la hora del Rayamiento se confirma con la entidad correspondiente, en este caso Lucero Mundo, si acepta o no que se efectúe esta ceremonia encima de él. Terminando esto se debe montar una Nganga de esta entidad para que este espíritu se fortalezca y trabaje.

En cuanto al otro espíritu bien evolucionado de 7 rayos, se puede proceder a montarle algún fundamento pequeño espiritual para que siga desarrollando ese don en la persona.

Hay que tener siempre en cuenta que el primer caldero que se crea será en el cual trabajará el guía espiritual, siendo de suma importancia saber cual es este espíritu para a la hora de montar una nganga sea la correcta para que este pueda trabajar, pues un espíritu con tendencia a madre agua nunca podrá trabajar en un caldero de sarabanda y así pasa con todos.

Relación Palo Monte con otras Religiones del Mundo

La religión Palo monte surge en los pueblos ubicados en lo que ahora se conoce como Angola. La base fundamental de esta religión es la creencia en los espíritus conocidos como nfumbe y su materialización en Ngangas o calderos para trabajar. Esta creencia no es única de los negros africanos ya que en diferentes localidades del planeta se tenía un concepto similar a pesar de nunca haber interrelacionado, ejemplos que serán expuestos a continuación:

EL MUERTO HABLA

America Latina, se encuentra separado del continente africano por el Oceano Atlantico y no fue hasta el siglo XV que comienzan a llegar los negros africanos como mano de obra esclava, pero mucho antes de dicha llegada, las civilizaciones que vivian en esta región tenían conceptos religiosos muy similares al Palo Monte, por ejemplo los Aztecas que se localizaban en la región de Mexico, creían que el hombre estaba integrado por 2 formas, una <u>animada,</u> la cual era visible, tangible, conocida como el cuerpo y la otra era la <u>carga interna,</u> constituida por 2 fuerzas: la luminosa (representa el bien de las personas) y otra oscura (representa la maldad), consideraban que al morir dicha carga pasaba a habitar en el plano de los dioses si estos la aceptaban, de lo contrario pasarían la eternidad vagando entre los vivos, para lo cual se realizaban sacrificios de animales e incluso de seres humanos, además con el objetivo de obtener recompensas de las deidades como una *buena cosecha, la fertilidad, etc. También se relata que algunos hombres eran escogidos para ser receptáculos de los dioses (caían en trance), siendo incluso capaces de vaticinar catástrofes o maldiciones y comunicaban el deseo de dichas deidades.*

Otro ejemplo lo constituyen los Mapuches que se ubicaban en el territorio que hoy en dia ocupan Chile y Argentina, su religión se basaba en explicar la existencia de una intima relación entre el mundo espiritual y el mundo tangible, siendo de gran importancia el culto a sus antepasados quienes tenían como misión guiar a los vivos, lo cual se asemeja mucho a las creencias de los paleros que consideran que los espiritus de sus antepasados guian todas sus acciones y protegen de males y obstáculos que pudiesen aparecer.

El Nahualismo es una religión de un grupo indígena que se encontraban en Mexico, estos consideraban que la única forma que tenían los dioses de interactuar con los hombres era transformados en animales, los cuales aparecían en sueños haciendo revelaciones e indicando que debían hacer, por esto su mayor creencia era que al nacer a cada persona se le otrorga el espíritu de un animal que lo guiará toda su vida, este espíritu no era más que una deidad transformada para poder comunicarse, lo cual se asemeja mucho a lo antes descrito, cuando se hacía referencia al espíritu guía el cual poseía una tendencia especifica de una entidad y se es asignado al nacer.

El Chamanismo, es otra vertiente religiosa que surge en la región de Europa, fundamentalmente en Turquia y Mongolia, aunque también se conoce que existían chamanes en el norte de Africa y Mexico, este ultimo constituye en la actualidad el país donde mas se profesa esta religión. La base de su creencia lo constituye la comunicación con los espiritus asi como la curación de enfermedades y maldiciones mediante los espiritus. Los Chamanes no son dirigidos, sino que actúan y trabajan de manera individual, aunque en ocasiones pueden asociarse para una situación determinada. El Chaman es conocido como "el doctor brujo salvaje que se comunica con los espiritus", creen en la existencia de un guía espiritual, y utilizan para trabajar el tabaco, el toque de tambor, bailes, cantos y las plantas. Tambien se practica la posesión de los cuerpos por los espiritus. Todos estos datos asemejan esta religión con el palo monte, a pesar de que sus practicantes se encontraban distantes de los negros paleros de Angola.

Los practicantes del hinduismo consideran que detrás del universo visible (Maya) al que atribuyen sucesos de creación y destrucción, hay otra existencia eterna y sin cambios (el universo espiritual). Los hindúes podian ser monoteístas o politeístas. Consideran que Dios es un alma encarnada muy desarrollada que ocupa temporalmente el puesto elevado dentro del mundo material pero que puede ser remplazado de dicho puesto por otra entidad. Existe un grupo denominado Advaitas los cuales creen que Dios es una energía y no persona. Para los hindúes los dioses se pueden materializar en una estatua para permitir su adoración de forma material (ofrendas), muy similar a nuestra regla que materializa a sus entidades en las ngangas.

La religión Wicca surge en Inglaterra, y significa "Brujos de la noche", es una religión mistérica pues sus secretos solo los conocen aquellos iniciados en esta religión e iniciática, ya que para pertenecer es necesario iniciarse en un coven (circulo o aquelarre) sujetos a juramento secreto, todo esto posee gran similitud con el conocido Plante de Palo que tiene nuestra regla.

En esta religión las creencias difieren mucho entre las distintas tradiciones y entre los practicantes individuales ya que no existe una organización centralizada que establezca la ortodoxia, el nexo compartido está en los conceptos religiosos y éticos básicos así como la forma estructural básica de los rituales y celebraciones festivas. Todo esto se observa también en la regla de Palo monte en la cual las creencias y procederes generales pueden variar entre las diferentes ramas e incluso entre los tatas de una misma rama, sin que necesariamente se encuentren equivocados.

Para los wiccanos la magia se encuentra en 4 elementos básicos: tierra, agua, aire y fuego, o combinaciones de estos y suelen añadir un quinto elemento denominado espíritu, coincidiendo con los elementos básicos con los que trabaja el palero.

Poseen 3 grados de iniciación:

Wicca	Palo Monte
1º.- **Necesario para convertirse en brujo y entrar al Coven**	Engeyo- necesario para entrar a la regla
2º.- **Sacerdote o Sacerdotisa Implica avanzar en conocimientos y estar capacitado para dirigir ceremonias**	Tata – Aquel con conocimientos y facultades para la realización de ceremonias. (No posee Nganga)
3º.- **Tiene conocimiento y experiencia para formar su propio Coven**	Tata Ngando – Aquel que tiene Nganga sobre la cual puede consagrar y conforma una casa religiosa

Por todo lo antes expuesto se podría concluir que a pesar de existir una gran diversidad de religiones en todo el planeta, muchas de estas se encuentran muy relacionadas y son similares sin que exista un aparente proceso de intercambio entre sus seguidores, sumando el hecho. Que el cristianismo desde su surgimiento ha intentado destruir cualquier otra religión que no tenga iguales conceptos, llevando a la extinción a muchos pueblos y religiones de gran poder.

<u>Tratados y Hechizos antiguos</u>

Las almas de los muertos: *pueden comer en el excusado de los baños, en patios, en que se forman en las raíces de los árboles, se le pone agua, pan, malafo (ron), cigarro, tabaco y alimento sin sal, recuerde el fuego asusta a los muertos y los aleja, el 2 de Noviembre se le ofrenda a los muertos y recomendable hacerlemisas.*

El dueño del Monte

Osain es el dueño del monte y de las hierbas, es un Orisha, queno tiene padre ni madre, él apareció, no nació, Osain salió dela tierra igual que la hierba, no es hijo de nadie.

Todos los santos son hierberos, pero el dueño es Osain, estesanto no posee más que un solo pie el derecho, un brazo elizquierdo, un ojo, una oreja grande, es tan sensible quepercibe hasta los ruidos más apagados y distantes, él camina ensaltos.

Ebbó para conocer a un enemigo: Se coge 12 mechas de algodón encendidas y doce adduará (piedra de rayo). No se debe desilbar de noche para no provocar a Lucero, debido a que él esdueño de silbido de noche.

A las 12 p.m. y de la noche es recomendable recogerse porquetienen costumbres rondar por las calles los Iku muertos, Anoenfermedad, Ofo venganza, Eyo tragedia y Araye problemas.

Siempre se debe colocar un recipiente con agua para las ánimaslos muertos buenos o malos por si entran a las casas sedientas.Todo las personas al levantarse debe de echar un poco de aguaen el suelo para poder dormir tranquilo, también se puede ponerun vaso con agua en la

EL MUERTO HABLA

cabecera de la cama con manteca de cacao.

Se debe de colocar un poco de comida o sobras para los Eshus oespíritus de las esquinas, esto se hace para que nunca falte elsustento en las casas y a esta comida se le echa un poco deagua esta misma ofrenda se pone en las raíces de los árboles yse dice ahí tienes tu comida Eshu. Cuando se le da comida a Eshu se debe de tener en cuenta que cuando se acerca un perroen la ceremonia se le da de comer para que no surja ningúnconflicto con Eshu, recuerde los Elegguá resguardan lasesquinas, las encrucijadas, es el portero del monte, la sabana,esta en la entrada y la salida el domina con Orula, Baba y Oyalos cuatro (4) vientos, el tiene es sus manos el poder deperder o de salvar a quien le de la gana.

A Lucero cuando se quiere algo muy grande de él se le da un ratón, los peores daños o bienes se hacen con un ratón. Paraque un Elegguá sea resguardo de una casa nunca se le tienecorto de comida para que el este a gusto con ella y no se vayaa buscar lo que le falta en la calle y la deje abandonada o lecierre las puertas de la suerte y se las abra de lascalamidades para vengarse, aunque tampoco se debe tenerlo llenoporque se achanta es muy aficionado al malafo y muy comilón.

Para que un Lucero trabaje y abra las puertas o caminos se lepuede dar un pollo negro

Cuando se entrega una Nganga siempre se le entrega un Lucero oun Nkiso que es el Guardiero de la Nganga nunca debe el tataprescindir de un Eleguá y lleva una flecha de metal en lafrente. A Elegguá siempre se le ofrece un pollito, manteca decorojo, jutia, pescado ahumado, coco, malafo, tabaco, vela ymaíz.

Para preparar un Lucero:

Tierra de una encrucijada, de cuatro (4)

esquinas, de hormiga, Bachacos, de la inglesa, de la plaza, de la cárcel, del jurado, de un hospital, panadería, etc. tres hierbas, 7 palos de estaentidad, 1 cabeza de jicotea, 1 piedra de sabana, 1 otán deElegguá, ñame en polvo, 29 monedas de varias denominaciones, reales, pesetas, vida, hueso de muerto y laboratorio. UnElegguá siempre se hace de cemento y se moldea la cara de estaentidad.

Cuando se va a construir un Elegguá hay que tener en cuenta osaber que si es un Lucero se carga por la parte de abajo y sies un Nkiso se carga por la cabeza, después que se carga se entierra en una encrucijada o en cuatro (4) caminos para queeste reciba a su dueño en las piedras y las fuerzas de lanaturaleza, se le pregunta a esta entidad o a la Nganga cuantosdías va enterrado en este sitio, pasado estos días se va abuscarlo y para tapar el hueco se lleva gallos, hojas deplátano, malafo, vela, tabaco, maíz y se le hace la ceremoniacorrespondiente, después de esto este Elegguá vuelve de loscuatro vientos con el espíritu vivo y cuando entra en la casadéle de comer un chivo, o un ratón, 1 gallo negro, 1 pollo ouna jutía, no se le ofrece palomas ni gallinas. Antes de darlede comer se le reza un Credo y un Padrenuestro y la mayugba enPalo Monte.

Lucero de protección:

Palo Santo Tomas, erún, obi, semillas sagradas del África, carapacho de jicotea, tierra de 4 caminos, de una sepultura, dela cabeza y los pies cuyo nombre empiece con la letra E ytermine con A, 1 moneda de plata, un cuchillo, limadura de oro,3 corales, tres caracoles, pluma de loro y aderezo.

Preparación: El palo santo Tomas, la tierra de los cuatro (4)caminos, tierra del banco se colocan en la base del Elegguá,con las monedas de plata, los tres corales y la tierra de lasepultura tomada de los pies del nfumbe, se coloca en los piesdel Elegguá, la tierra de la cabeza del nfumbe va en la cabezadel Eleggúa, con la demás carga, con los tres caracoles sesimulan los ojos y boca y también se le puede hacer la nariz ylas orejas, en la cabeza se le coloca la cuchilla, pluma deloro, después que se carga se entierra y se le hace la mismaceremonia del Lucero anterior para sacarlo y se dice cuando sesaca saco un arma para que me defienda y luego se le ofrece unchivo, gallo, coco, malafo y vela.

Hacer un Lucero para hacer Daño:

Lo primero que lleva la carga, es la hierba pastillo, cangrejo, ratón, culebra, gato y el laboratorio, este Eleggúa no se lavay vive enterrado debajo de una caña de azúcar o mata de lechosay no se mira sino cuando se le da de comer, se tiene solo parahacer daño, este vuelve al revés a la gente.

Días de Gobernar:

Los días en que gobiernan los Mpungos, Lucero son todos losLunes de cada mes;

Zarabanda, los Martes; Pata en Llaga, losMiércoles; Tiembla Tierra, los Jueves; 7 Rayos y CentellaNdoky, los Viernes; Mama Kalunga y Mama Chola, los Sábados y, los Domingos, Todos los Mpungos.

Cuando se le van a dar de comer a las entidades siempre se lelavan las patas y el pico al animal, para contentar al Lucerodespués de ponerlo a trabajar a la puesta del sol de 7 a 9 a.m., se le frotas maíz y se le ofrenda tres cabezas de arenquecocinadas al horno con verdolaga, bledo y hojas de guayaba, estas cabezas de dejan por tres días y encima de se lesacrifica un pollito.

Cuando Lucero es recompensado por un bien recibido o paraimplorar su protección se le da un chivo de color negro ycuando se mata el animal de 4 patas se dice Yo no fui fueOggún, cuando a alguna entidad se le ofrenda comida se le diceen voz alta lo que se le va dando para que oiga bien.

Un Eshu es un Lucero dispuesto a hacer mas que daño, es el queasesina por la espalda, vive en lo oscuro ha de tener siempreun cuchillo, un Eshu son los 21 Elegguá, es el de la vida y lamuerte, es el rey de la maldad.

El Nkiso es el mensajero de la Nganga y de su representantejunto con Gurunfinda, este fundamento es una entidad importantedebido a que esta en todos lados y el ñame y el coco siempre loacompañan ellos están difundidos en todas partes son una red yse comunican entre sí.

Osain es el que recibe el secreto de todas las hierbas y es elque conoce los misterios de cada una de ellas, cuando se haceun Osain volador se le sopla polvo de ñame y se le canta: Eeegúro, egüero savé éreo, esta entidad descubre y da la hierbaque hace falta para lo que sea para asentar, sanar o enfermar.

Un Osain habla metido en un Güiro y vive

ahí, solo lo preparanlos tatas y awos (babalawos), este fundamento habla comonosotros y es muy chismoso porque de todo se entera y no ignoraninguna cosa, de todo oye y se le cuenta a su dueño.

Amuleto de Osain

Carapacho de Jicotea, plumas de aura tiñosa, espinas de zarza y cambia voz es para huir de la policía y otra carga.

A la Gurunfinda se le canta OILÉ ILE SAI-SAI BABÁ LOGUO OILE SAI-SAI, a este fundamento se le sacrifican chivos, jicotea, gallos, palomas, pollos, codorniz entre otros, se dice que sino se atienden a las prendas de palo se desvirtúan y abandonanla espiritualidad.

Las mujeres no pueden tener un Osain de palo porque es muyfuerte, ninguna mujer debe acercarse a un Osain volador porquepuede quedar estéril, no solo las mujeres sino nadie, lasmujeres pueden tener un Osain después que se les ha pasado lamenstruación, un Osain volador de una mujer lleva una cargaincompleta y se guinda a una altura menor que el del hombre yno se le ponen plumas y este vive fuera de la casa, en elpatio, en un rincón, el de un hombre en el techo.

Cuando se prepara un Osain volador de un hombre este se marcacon pintura en el fondo, es decir, se le hacen los signos yfirmas y se alimenta de un gallo negro y lleva adentro monedasde plata para que no se vaya el Osain cuando trabajo en elsuelo lo hace dentro de carapacho de jicotea, no tiene que sersiempre el babalawo quien lo prepare. Un osainista, quien puedeestar o no asentado, lo puede preparar y, por lo general quienlo prepara son los hijos de Shangó, habiendo sido Shangó elprimero en tener un de estos Güiros y lo puede preparar(Consagrar) hay que tener en cuenta que sin Osain no hayconsagración, trabajo, magia y no hay remedio ni medicinas.

MACUTOS

Los macutos son regularmente todo lo que se trabaja en el palo en estos están los secretos que se les pone al bilongo (trabajo)

Un macuto se le dice a todo lo que esta sellado que como ya se dijo están los secretos del trabajo ay distintas formas de hacer un macuto una de ellas es: En un trabajo de amarre se habla con el muerto o entidad de la nganga cuales son los materiales que se usaran en dicho trabajo. se comienza por los palos estos deben preguntarse palos fuertes para estos trabajos como por Ej. amansa guapo, adormidera,yo puedo mas que tu,jala jala etc. estas preguntas se hacen con el chamlongo o el coco según como trabaje su muerto.ej de una pregunta seria. fulano de tal (el muerto que usted trabaja) en el bilongo que hacemos para tal persona necesita palo amansa guapo por Ej. si

EL MUERTO HABLA

contesta si se aparta arriba de un algodón y si dice que no se pone al lugar donde lo guarda siempre. así va preguntado al nfumbe de la nganga todos los materiales que van llevando dicho trabajo. les recordamos que todos los trabajos que se hacen en el palo son a lo que le muerto dice

no ay trabajos específicos (cada brujo tiene su propio secreto por que maña vale bombo) al no ser ceremonias primordiales que se Irán diciendo si el caso así lo pide. Luego que usted tenga todos los materiales ya escogidos y el muerto ya dijo que si a todo y que con lo que tiene es lo que va a resolver la persona se pasa a la ceremonia de cerrar. esto se hace con hilo se van juntando todos los materiales empezando por los palos y se entizan con hilo. luego se cubre esto con la firma del trabajo que es la que ya el muerto dijo según usted le pregunto anteriormente luego todo esto se cubre con algodón en caso que sea para bueno y con tela negra en caso que sea para malo. Esto se entiza con hilo del color que ya le dijo el nfumbe de su nganga luego se sella con esperma de vela que quede como platicado y listo. usted debe preguntar a su nfumbe cuantos días esto debe permanecer en el ngando y que camino cojera si es enterrado o para donde va. mi recomendación personal mantenerlo al menos tres días en la nganga después que ya este comido. esto es los pasos generales para hacer un macuto que aplica para todos

CAMBIO DE VIDA

Un cambio de vida como la palabra lo dice es cambiar la vida de una persona, ya sea por enfermedad regularmente. Se busca o se hace un muñeco de trapo según el sexo de la persona que se hace el trabajo se hace el muñeco. este muñeco llevara dentro nombre y apellidos de la persona, pelo de la cabeza, fecha de nacimiento y algo quele indique su muerto de la nganga. este muñeco va dentro de una jícara grande o que solo quepa el muñeco bien amplio, luego se consiguen dos pollones cantones y se pone la jícara delante de las prendas o de la entidad que esta encargada de este bilongo se sacrifican los pollones con la persona arrodillada delante de las prendas y de la jícara que la cabeza le quede arriba de la jícara y la prenda el primer pollon se le da a la prenda y la jícara y con el segundo le das a la prenda la jícara con el muñeco y en la nuca de la persona. y cuando esto suceda se dice que le quite lo que tiene la persona y le de una vida nueva. después con agua de humiero de palo se le echa en la nuca de la persona con miel de abejas. luego se hace un rompimiento de la persona es decir romperle unas ropas viejas sudadas por la persona con anterioridad regularmente esto se entierra en el cementerio (el muñeco) pero se le pregunta a la prenda si va al cementerio si dice que no, preguntarle a donde va.

RESGUARDOS DE PALO

En un palito de cedro se entiza con hilo

EL MUERTO HABLA

blanco nfumbe desactivado luego esto se envuelve en una hoja de siempre viva y se entiza con hilo blanco luego en 7 palos fuertes que pueden ser Cuaba, laurel, yo puedo mas que tu, Ceiba etc. esto tienen que preguntarle al nfumbe que palos va a usar para un resguardo en especifico. después que este entizado, todo esto se cubre con un papel de traza con la firma de la entidad de palo que esta protegiendo a la persona, esto se entiza con hilo blanco luego en un algodón se pone dentro y se le riega cascarilla y se cierra y también lo entizan con hilo blanco bien cubierto. luego con un hilo del color de la entidad que protege a la persona se cubre un pedacito del resguardo en una punta esto se sella con esperma de vela hasta que queda plastificado. se pone en una jícara se le da un gallo y se deja 72 horas en la prenda o el tiempo que marque el nfumbe de la prenda.

ACLARACION. Los resguardos que van por mamachola llevan dentro canela

Cuando se le entrega a la persona se le dice que lo ponga en una bolsita de color rojo con granos de maíz dentro pueden ser 7. se atiende los viernes rociándolo con aguardiente y humo de tabaco y cada 6 meses máximo se le da un pollon para fortalecerlo y no puede tocarlo nadie menos una mujer con su menstruo

Nota: los materiales del resguardo deben ser lo mas chiquito que pueda para que no quede tan grande y sea mas manejable ya que esto va con la persona a todas partes

GUARDIEROS

Un guardiero como la palabra lo dice es un nfumbe cargado y preparado que hace el papel de proteger regularmente las puertas de las casas, aunque pueden proteger otros lugares. la carga que lleva es la misma del resguardo con la diferencia que esta va en un clavo de linea, es decir, entizan esta carga debajo de donde esta la cabeza del clavo y igualmente la sellan con esperma.

EL MUERTO HABLA

Estos guardieros a diferencias de un resguardo personal llevan una firma de sarabanda o en el caso de que el nfumbe de la prenda ponga otra se cambia mientras tanto quedara así con sarabanda. esto se pone en una jícara y se le da a comer 4 patas y dos gallos y se deja mínimo 7 días en la prenda máximo 21 días. Nota: deven ser dos guardieros uno en cada lado de la puerta Después de estos días que pasen en la prenda se entierran delante de la puerta de la persona y se le dan dos pollones a la puerta donde esta enterrado. esto se atiende los viernes se le rosea humo de tabaco y aguardiente

DAR UREA A LA PRENDA

Estos son unos pasos muy sencillos pero rigurosos.Primero que nada se prepara la entidad que se le va a dar de comer en un lugar cómodo. y sigues estos pasos 1-Se coje el animal y se le rosea humo de tabaco y aguardiente en el pico debajo de las alas y

EL MUERTO HABLA

en las patas 2-Se pone la posición con la cabeza encima de la entidad se agarra con una mano la cabeza y con la otra que tiene el cuchillo se le arrancan una plumitas del cuello y se canta quiquiriquí mi nganga va urear* 3-Se mete le cuchillo y el animal a una separación de la prenda como de una cuarta de una mano y se canta Menga va a correr* cuando ya salio toda la menga se corta la cabeza y se pone dentro de la prenda que se le dio de comer y el animal se pone en el piso delante de la prenda. 4- Todas las personas que estuvieron en esa ceremonia arrancan una plumitas del animal y las tiran encima de la nganga y se canta *cubre mi nganga cúbrela ,como sambia te manda cúbrela 5-Se deja el animal en el piso y todas las personas que estén lo aprietan con las dos manos contra el piso tres veces y se canta quiquiriquí nsunzo canto* 6- Luego el tata que dio de comer se para delante de la prenda con los pies abiertos y va jalando el animal para atrás y lo pasa por debajo de sus pies *cantando nsunzu va a salir como sale nsunzu.*

Cuando se da de comer 4 patas son los mismos procedimientos se da de comer 4 patas y cuando se esta dando se canta *Chivo dice ve carnero muere y calla* y de todas maneras se da plumas después de un 4 patas

Después de terminada la ceremonia de la urea se debe dejar 72 horas sin tocar la prenda para que repose. pero si necesita seguir trabajando no se hace el paso de cubrir la Nganga. Esta ceremonia es la misma siempre que se da urea a la nganga o entidad de palo.

LA CHAMBA

La preparación de la chamba es de la siguiente forma: Se consigue una botella de aguardiente de caña y dentro se la va a poner una nuez noscada,una cebollita chiquita morada o blanca,7dientes de ajo todos los ajises picantes que pueda ,ajimjible, rozadura de tarro de venao, pimienta de guinea machacada,piminta de bodega machacada, hierva buena, mejorana, menta, palos fuertes paraiso, laurel,ceiba,cuaba,parami,pierde el rumbo, yo puedo mas que tu.raices chinas. Esto se coje y se pone en la prenda por 7 días luego se entierra en un monte por 7 días y otros 7 días en un cementerio de no poder hacerlo en un cementerio buscar tierra del cementerio y enterrarla frente de la nganga. después de esto ya esta lista se le da un gallo a la prenda y se le da conocimiento el por que se le da el gallo

TRATADO VUDU

Este tratado VUDU es el principio de la religión VUDU aplicable al regla de palo monte en sus principios, esto se pude utilizar en cualquier trabajo para bueno o para malo (el autor no se hace responsable del mal uso de este). este tratado se comienza de la siguiente forma quees el secreto del budo que como todos sabemos se trabaja con muñecos, se cree que se puede tomar una persona mediante su Espiritud y este convertirlo en esclavo de una nganga o entidad. después de preparado el muñeco que se hace según el sexo de la persona que se va hacer el trabajo. se pude hacer de esperma de vela o bien de trapo primero que nada usted debe dar conocimiento a su nganga de lo que se va hacer y como funciona este tratado para que el nfumbe este convencido que se hace. el secreto budo es tan simple y lógico como 123 como ya se dijo después de preparado el muñeco que este si tiene dentro rastro de la persona que se le hace el trabajo mejor aun lo que si no puede faltarle es el nombre de la persona y fecha de nacimiento. y da darle conocimiento a la nganga con el muñeco delante de la nganga y este se bautiza con agua bendita por Ej. se dice el nombre de la entidad por la cual esta haciendo el tratado y se dice esta representación que tengo en mis manos es la persona fulano de tal y que se llamaba fulano de tal pero ahora se llamara. (un nombre que usted le ponga) y apartir de este momento todo su espíritu me pertenece en el nombre de nsambi y apartir de ahora estará bajo mis ordenes por que así lo quiero yo y lo quiere usted. mientras se dice esto se le va echando agua bendita por la cabeza del muñeco. apartir de ahí usted ya trabaja con su nganga como siempre. usted puede usar esto para malo o para bueno en un cambio de vida por Ej., o para matar (el autor no se hace responsable del mal uso de este). continuación un Ej. de un tratado que puede hacer. Usted se disfraza como pintar su cara etc cosa que no lo reconozcan cuando este en sucuarto de palo quiere decir que si ay algún nfumbe curioso que no lo reconozca. pero antes ya usted tendrá preparado el muñeco como es lógico una cajita de muerto chiquita, 4 velas negras, 7 alfileres de cabeza negra, (que ira enterrando en las partes débiles del cuerpo del muñeco) aguardiente, tabaco etc etc. Luego que este dentro del cuarto de palo ya disfrazado y haciendo el bautizo budo usted procede de la siguiente forma pone dentro de la cajita al muñeco las 4 velas alrrededor y ahí le ruega la nganga y usted va hacer un velorio y un entierro como si se tratara de esa persona misma pero estará velando al muñeco una noche entera al otro día después de ruegos y arrear la nganga contra esa persona usted va ala cementerio ahí lo entierra advertencia: después de enterrado el trabajo ya no ay vuelta atrás así que mucho cuidado con esto. es muy importante saber que trabajos malos no devén hacerse por gusto ni por juegos nosotros aconsejamos que utilice esta sabiduría para hacer el bien

LIMPIEZA DE UNA CASA

Usted debe tener en cuenta que, aunque usted salga de su casa a trabajar siempre sus entidades estarán con usted. pero se aconseja darle conocimiento antes de salir a trabajar palo. Ay muchas formas de limpiar una casa de las malas influencias por el palo monte. esta considero es la mas buena materiales: 3 cocos seco, aguardiente, velas, tabacos, cascarilla, hiervas fuertes, dos cadenas, alcohol, fula, un pollon y hielo primero usted pone detrás de la puerta un vaso de agua y una vela y ahí hace un pequeño plante como siempre lo izo pone una cadena en la puerta de atrás y otra delante. las cargas de fula las pone en todas las esquinas de la casa y las prende de atrás adelante. despues con un coco seco y un palo o bastón de muerto lo va rodando por toda la casa detrás adelante y lo pone donde esta el plante en la puerta como punto de descanso las hiervas las pasas por toda la casa y rincones detrás para alante, no se olvide rociarla con humo de tabaco y aguardiente y como punto de descanso lo pones en el plante de la puerta. El pollon lo das en la puerta de la casa y se pide lo que se quiere luego de dar el pollon se le refresca con agua y miel de abejas donde callo la la sangre luego se limpia la casa con agua con hielo se riega cascarilla y listo debe tener en cuanta limpiar a las personas que viven dentro de la casa (ver limpieza con nbele y fula) se recomienda hacer unos cantos para arrear al nfumbe mientras se esta haciendo la limpieza.

AMARRES

Ay distintos tipos de amarres, pero para un amarre solo ay que tener en cuenta mas por lo que dice el muerto de su nganga, pero a continuación les mostrare algunos. como guía

1 *Se necesitan dos fotos, una hoja de laurel y unos pétalos de rosa. Se colocan las dos fotosuna frente a otra y se enrollan con una tela de color roja. Se meten las fotos dentro*

EL MUERTO HABLA

de unmelón y este se entiza con una tela del mismo color.se le sacrifica un pollon al nganga y sedeja tres dias a continuación se entierra el melón cerca de un río en dirección a la bajadadel agua y se añade dos monedas.

2 *En un papel blanco se escribe nuestro nombre propio completo y en otro papel blanco se escribeel nombre completo de la persona que queremos amarrar. Se ponen unos pétalos de rosa natural, un poco de hierbabuena y un puñado de azúcar y los papeles se ponen uno frente al otro y seenrollan con hilo rojo.*

Se coge un tomate natural, se parte por la mitad y se saca el corazón del fruto con uncuchillo. En ese trozo de tomate que queda hueco se coloca el pequeño envoltorio con losnombres. Se vuelve a poner el tomate junto y se entiza con hilo rojo. le das un pollon langanga y en 72 horas Lo entierras donde dé el sol y orinas encima.

3 *Coge una fotografía de la persona que quieres amarrar, y envuélvela entizandola con unafotografía tuya y todo ello dentro de una hoja de helecho. Se meten en una copa de bebidadulce que tenga alcohol y esa copa la expones a la luna llena durante toda una noche. A lamañana siguiente, se saca de esa copa y se mete en una fruta madura que entizaras con unacinta roja. y cellaras con esperma luego daras un pollon a la nganga y en 72 horas lo puedessemabrar en el fondo de una maceta donde plantarás una planta de flores rojas.si no loentierras al lado de un rio.*

Estos pueden ser algunos tipos de amarres que puedes hacer, pero su nfumbe de seguro tendra la maña necesaria para modificar estos o poner los que le ya sabe

BAUTISMO CONGO

Un bautismo congo regularmente se le hace a los niños o menores de 7 años o que no puedan consagrarse. recuerden que no es aconsejable rayar un niño menor de 7 años esto se hace de la siguiente forma : 7 tata nganga dentro del cuarto de palo van hacer un circulo alrededor del bautizado y con agua del matari de la nganga le van echando en la cabeza y cantando y rogándole a lasentidades congas por el bautizado para que lo proteja cada tata debe pedir algo bueno para el bautizado mientras se esta en la ceremonia es aconsejable que sean tatas de confianza ya que si alguno pide algo malo se puede dar para toda la vida de la persona que se bautiza cada tata debe llevar un tabaco prendió y a cada rato rosear humo en la cabeza del bautizado y cantando y rogando todo el tiempo alrededor del bautizado. por final se les preguntara a las entidades congas si la persona quedo bacheche arriba ntoto, si dice que si.se cierra la ceremonia con dos pollones a lucero.

LIMPIEZA CON NEBELE Y FULA

EL MUERTO HABLA

Se planta una firma de lucero 4 vientos en el piso delante de las prendas y se pone la persona arriba se nboa a las entidades de palo por esa persona y se cantan 11 cantos congos. se preparan 8 cargas de fula y se pone un nbele en la cabeza en dirección la nganga se pone una fula en la punta y se prende. luego se sigue en las asilas, en la cintura en la derecha y la izquierda, y en sus partes luegopone una carga de fula en cada esquina de la firma de 4 vientos que esta debajo de la persona y se encienden de izquierda a derecha luego se le da la persona para que se despoje con algún liquido ya sea agua con perfume, agua de florida etc.

EL MUERTO HABLA

SECRETOS DE LAS POSICIONES PRIMARIAS DEL COCO o 4 CONCHAS

GRÁFICO	NOMBRE YORUBA	NOMBRE EN BANTÚ	SIGNIFICADO
○ ○ ○ ○	*ALAFIA*	*LUSAKUMUNU*	*BENDICIÓN*
○ ○ ○ ●	*ETAGGWA*	*NA MBUZU*	*DE FRENTE*
○ ○ ● ●	*EYEIFFE*	*KISONO*	*SIGNO*

EL MUERTO HABLA

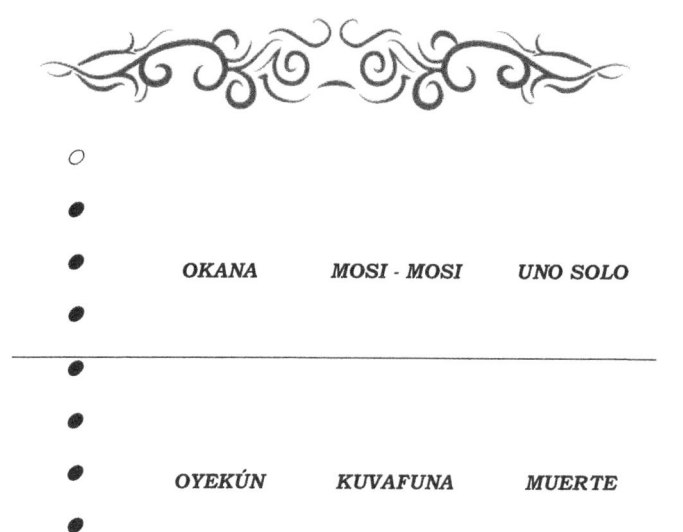

O			
•			
•	OKANA	MOSI - MOSI	UNO SOLO
•			
•			
•			
•			
•	OYEKÚN	KUVAFUNA	MUERTE
•			

La adivinación con el **SHAMALÓN** *está basada en la interpretación de cinco (5)* **ODU** *básicos, los cuales son, geománticamente hablando, coordenadas cósmicas que se ubican en la latitud y longitud del plano referencial de la Conciencia Cósmica, de los Mpungos y de los Ancestros.*

Los cinco (5) **ODU** *son:*

- **ALAFIA:** *DOMINA LA PAZ.* **(LUSAKUMUNU)**

- ***ETAGGWA:*** *DOMINA LA LUCHA CONSTANTE. (**NA MBUZU**)*
- ***EYEIFE:*** *DOMINA LA CERTEZA. (**KISONO**)*
- ***OKANA:*** *DOMINA LAS DUDAS. (**MOSI-MOSI**)*
- ***OYEKUN:*** *DOMINA LAS IMPOSIBILIDADES. (**KUVAFUNA**)*

*Cuando el juego del **KIÁ-A-MALOANGO (EL SHAMALÓN**), constituido por cuatro (4) conchas de coco, preparadas y juradas para tal fin, son lanzadas, sólo cinco (5) combinaciones son posibles, en una situación de **SI** o **NO**, buscando una respuesta a una pregunta específica. Existen tres (3) respuestas diferentes a **SI** y dos respuestas diferentes a **NO** y que cada **ODU** tiene un carácter distinto que lo califica. A continuación una ilustración de los **ODU**:*

EL MUERTO HABLA

NOMBRE	SIMBOLOGÍA	SIGNIFICADO
ALAFIA (LUSAKUMUNU)	○ ○ ○ ○	SI
ETAGGWA (NA MBUZU)	○ ○ ○ ●	SI
EYEIFE (KISONO)	○ ○ ● ●	SI
OKANA (MOSI-MOSI)	○ ● ● ●	NO
OYEKUN (KUVAFUNA)	● ● ● ●	NO

La parte cóncava de la concha de coco es positiva, representa la luz, es masculina, es la semi-esfera superior (○).

La parte convexa de la concha de coco es negativa, representa la oscuridad, es femenina, es la semi-esfera inferior (●).

Aquí se ha explicado, gráficamente, los cinco (5) **ODU** *padres (***IYÁ ODU***) usados* *en la adivinación del **SHAMALÓN**, ahora veremos a los hijos del **ODU (OMO ODU)**, que son los resultados de la combinación de los **IYÁ ODU** (es de saber que cada **ODU** es masculino y femenino; cada **ODU** es creador; cada **ODU** es productor; cada **ODU** es procreador; los **ODU** entre sí poseen componentes de luz (O) y componentes de oscuridad (●); cada **ODU** posee su propia carga eléctrica, ya sea positiva (+), por ejemplo, (**ALAFIA**) o negativa (-), por ejemplo, (**OYEKUN**); cada **ODU**, en el huso horario, tiene su propio momento de resonancia específica, así como también su fase lunar; los **ODU** dispersan la luz (**ALAFIA**) o encierran la oscuridad (**EYEIFE**); la combinación de los **ODU** entre sí, generan un consejo y una sentencia). Esta combinación entre los **ODU** se debe porque ciertos **ODU**, por su propia naturaleza, necesitan el apoyo de otros para ser considerados firmes y completos: **ALAFIA** y **ETAWA** necesitan ese apoyo, mientras que **EYEIFE**, **OKANA** y **OYEKÚN** no lo* *necesitan, a no ser que se presente un acoplamiento mayor. A continuación, se verá una lista completa de los trece (13)* **ODU** *usados en la adivinación sencilla:*

NOMBRE	SIGNIFICADO
ALAFIA (LUSAKUMUNU) + ALAFIA (LUSAKUMUNU)	SI
ALAFIA (LUSAKUMUNU) + ETAGGWA (NA MBUZU)	SI
ALAFIA (LUSAKUMUNU) + EYEIFE (KISONO)	SI
ALAFIA (LUSAKUMUNU) + OKANA (MOSI-MOSI)	NO
ALAFIA (LUSAKUMUNU) + OYEKU (KUVAFUNA)	NO
ETAGGWA (NA MBUZU) + ALAFIA (LUSAKUMUNU)	SI
ETAGGWA (NA MBUZU) + ETAGGWA (NA MBUZU)	SI
ETAGGWA (NA MBUZU) + EYEIFE (KISONO)	SI
ETAGGWA (NA MBUZU) + OKANA (MOSI-MOSI)	NO
ETAGGWA (NA MBUZU) + OYEKU (KUVAFUNA)	NO
EYEIFE (KISONO)	SI

OKANA (MOSI-MOSI)	NO
OYEKUN (KUVAFUNA)	NO

Cuando en la segunda lanzada del juego del **KIÁ-A-MALOANGO**, se repite el mismo **ODU** que salió en la primera, se utiliza la palabra **ZOLE-ZOLE** (**MEJI** o doble), para describir el plano "explosivo" de la consulta efectuada:

- **ALAFIA (LUSAKUMUNU) + ALAFIA (LUSAKUMUNU) = ALAFIA MEJI (LUSAKUMUNU ZOLE - ZOLE)**
- **ETAGGWA (NA MBUZU) + ETAGGWA (NA MBUZU) = ETAWA MEJI (NA MBUZU ZOLE - ZOLE).**

El iniciado dentro de la Regla de la Tradición Ancestral Africana (PALO MONTE), debe tener en cuenta cuando esta interpretando el significado, que los OMO ODU reflexiona las características dadas por ambos padres.

ESQUEMA DE LAS COMBINACIONES DE

LOS ODU ENTRE SÍ

(FORMA SENCILLA)

- **COMBINACIÓN N° 1**

1	2
O	O
O	O
O	O
O	O
ALAFIA	*ALAFIA*

SIGNO: *ALAFIA (LUSAKUMUNU) y ALAFIA (LUSAKUMUNU)*

COMBINACIÓN: *(ALAFIA) LUSAKUMUNU + (ALAFIA) LUSAKUMUNU*

ODU: *LUSAKUMUNU ZOLE-ZOLE (ALAFIA MEJI).*

IDEA: *SI*

EL MUERTO HABLA

- ### *COMBINACIÓN N° 2*

1	*2*	*1*	*2*
○	○	○	○
○	○	○	○
○	○	○	●
○	●	○	○

ÁLAFIA-ETAGGWA   ÁLAFIA-ETAGGWA

EL MUERTO HABLA

1   2   1   2

○ ○ ○ ●
○ ● ○ ○
○ ○ ○ ○
○ ○ ○ ○

ÁLAFIA-ETAGGWA   ÁLAFIA-ETAGGWA

<u>*SIGNO*</u>: *ALAFIA (LUSAKUMUNU) y ETAGGWA (NA MBUZU)*

<u>*COMBINACIÓN*</u>: *(ALAFIA) LUSAKUMUNU + (ETAGGWA) NA MBUZU*

<u>*ODU*</u>: *LUSAKUMUNU-NA MBUZO.*

<u>*IDEA*</u>: *SÍ*

EL MUERTO HABLA

- ## *COMBINACIÓN N° 3*

1	2	1	2	1	2
○	○	○	●	○	○
○	○	○	●	○	●
○	●	○	○	○	●
○	●	○	○	○	○

ALAFIA-EYEIFE   *ALAFIA-EYEIFE*   *ALAFIA-EYEIFE*

1	2	1	2	1	2
○	●	○	○	○	●
○	○	○	●	○	○
○	○	○	○	○	●
○	●	○	●	○	○

ALAFIA-EYEIFE   *ALAFIA-EYEIFE*   *ALAFIA-EYEIFE*

EL MUERTO HABLA

SIGNO: ALAFIA (LUSAKUMUNU) y EYEIFE (KISONO)

COMBINACIÓN: (ALAFIA) LUSAKUMUNU + (EYEIFE) KISONO

ODU: LUSAKUMUNU-KISONO.

IDEA: SÍ

- ## *COMBINACIÓN N° 4*

1	2	1	2
O	●	O	●
O	●	O	●
O	●	O	O
O	O	O	●

ALAFIA-OKANA   ALAFIA-OKANA

EL MUERTO HABLA

1	2	1	2
○	●	○	○
○	○	○	●
○	●	○	●
○	●	○	●

ALAFIA-OKANA   *ALAFIA-OKANA*

<u>SIGNO</u>: *ALAFIA (LUSAKUMUNU) y OKANA (MOSI-MOSI)*

<u>COMBINACIÓN</u>: *(ALAFIA) LUSAKUMUNU + (OKANA) MOSI-MOSI*

<u>ODU</u>: *LUSAKUMUNU-MOSIMOSI.*

<u>IDEA</u>: *NO*

COMBINACIÓN N° 5

1	2
O	●
O	●
O	●
O	●
ALAFIA	OYEKÚN

SIGNO: *ALAFIA (LUSAKUMUNU) y OYEKÚN (KUVAFUNA)*

COMBINACIÓN: *(ALAFIA) LUSAKUMUNU + (OYEKÚN) KUVAFUNA*

ODU: *LUSAKUMUNU-KUVAFUNA*

IDEA: *NO*

EL MUERTO HABLA

• *COMBINACIÓN N° 6*

1	*2*	*1*	*2*
○	○	○	○
○	○	○	○
○	○	●	○
●	○	○	○

ETAGGWA-ALAFIA   ETAGGWA-ALAFIA

1	*2*	*1*	*2*
○	○	●	○
●	○	○	○
○	○	○	○
○	○	○	○

ETAGGWA-ALAFIA   ETAGGWA-ALAFIA

SIGNO: ETAGGWA (NA MBUZU) y ALAFIA (LUSAKUMUNU)

COMBINACIÓN: (ETAGGWA) NA MBUZU + (ALAFIA) KUVAFUNA

<u>ODU</u>: *NA MBUZU-LUSAKUNUNU.*

<u>IDEA</u>: *SÍ*

- ## *COMBINACIÓN N° 7*

1   2   1   2   1   2   1   2

○   ○   ○   ○   ○   ○   ●   ●

○   ○   ○   ○   ●   ●   ○   ○

○   ○   ●   ●   ○   ○   ○   ○

●   ●   ○   ○   ○   ○   ○   ○

ETAGGWA   ETAGGWA   ETAGGWA   ETAGGWA
MEJI   MEJI   MEJI   MEJI

EL MUERTO HABLA

1	2	1	2	1	2	1	2
○	○	○	○	○	●	○	○
○	○	○	●	○	○	○	○
○	●	○	○	○	○	●	○
●	○	●	○	●	○	○	●

ETAGGWA MEJI   *ETAGGWA MEJI*   *ETAGGWA MEJI*   *ETAGGWA MEJI*

1	2	1	2	1	2	1	2
○	○	○	●	○	○	○	●
○	●	○	○	●	○	●	○
●	○	●	○	○	○	○	○
○	○	○	○	○	●	○	○

ETAGGWA MEJI   *ETAGGWA MEJI*   *ETAGGWA MEJI*   *ETAGGWA MEJI*

EL MUERTO HABLA

1	2	1	2	1	2	1	2
○	○	●	○	●	○	●	○
●	○	○	○	○	○	○	●
○	●	○	○	○	●	○	○
○	○	○	●	○	○	○	○

ETAGGWA   ETAGGWA   ETAGGWA   ETAGGWA
MEJI   MEJI   MEJI   MEJI

<u>SIGNO</u>: *ETAGGWA (NA MBUZU) y ETAGGWA (NA MBUZU)*

<u>COMBINACIÓN</u>: *(ETAGGWA) NA MBUZU + (ETAGGWA) NA MBUZU*

<u>ODU</u>: *NA MBUZU ZOLE-ZOLE.* <u>IDEA</u>: *SÍ*

- ## *COMBINACIÓN N° 8*

1	2	1	2	1	2	1	2
○	○	○	●	○	●	○	○
○	○	○	●	○	○	○	●
○	●	○	○	○	○	○	●
●	●	●	○	●	●	●	○

ETAGGWA-   ETAGGWA-   ETAGGWA-   ETAGGWA-

EL MUERTO HABLA

EYEIFE		*EYEIFE*		*EYEIFE*		*EYEIFE*	
1	*2*	*1*	*2*	*1*	*2*	*1*	*2*
○	○	○	●	○	○	○	●
○	●	○	○	○	○	○	●
○	○	○	●	●	●	●	○
●	●	●	○	○	●	○	○

ETAGGWA-	*ETAGGWA-*	*ETAGGWA-*	*ETAGGWA-*
EYEIFE	*EYEIFE*	*EYEIFE*	*EYEIFE*

1	*2*	*1*	*2*	*1*	*2*	*1*	*2*
○	●	○	○	○	○	○	●
○	○	○	●	○	●	○	○
●	○	●	●	●	○	●	●
○	●	○	○	○	●	○	○

ETAGGWA-	*ETAGGWA-*	*ETAGGWA-*	*ETAGGWA-*
EYEIFE	*EYEIFE*	*EYEIFE*	*EYEIFE*

EL MUERTO HABLA

1	2	1	2	1	2	1	2
○	○	○	●	○	●	○	○
●	○	●	●	●	○	●	●
○	●	○	○	○	○	○	●
○	●	○	○	○	●	○	○
ETAGGWA-EYEIFE	*ETAGGWA-EYEIFE*	*ETAGGWA-EYEIFE*	*ETAGGWA-EYEIFE*

1	2	1	2	1	2	1	2
○	○	○	●	●	○	●	●
●	●	●	○	○	○	○	●
○	○	○	●	○	●	○	○
○	●	○	○	○	●	○	○
ETAGGWA-EYEIFE	*ETAGGWA-EYEIFE*	*ETAGGWA-EYEIFE*	*ETAGGWA-EYEIFE*

EL MUERTO HABLA

1	2	1	2	1	2	1	2
●	●	●	○	●	○	●	●
○	○	○	●	○	●	○	○
○	○	○	●	○	○	○	●
○	●	○	○	○	●	○	○

ETAGGWA-EYEIFE   *ETAGGWA-EYEIFE*   *ETAGGWA-EYEIFE*   *ETAGGWA-EYEIFE*

<u>*SIGNO*</u>*: ETAGGWA (NA MBUZU) y EYEIFE (KISONO)*

<u>*COMBINACIÓN*</u>*: (ETAGGWA) NA MBUZU + (EYEIFE) KISONO*

<u>*ODU*</u>*: NA MBUZU-KISONO.* <u>*IDEA*</u>*: SÍ*

EL MUERTO HABLA

- ## *COMBINACIÓN N° 9*

1	2	1	2	1	2	1	2
○	●	○	●	○	●	○	○
○	●	○	●	○	○	○	●
○	●	○	○	○	●	○	●
●	○	●	●	●	●	●	●

ETAGGWA-   ETAGGWA-   ETAGGWA-   ETAGGWA-
OKANA   OKANA   OKANA   OKANA

1	2	1	2	1	2	1	2
○	●	○	●	○	●	○	○
○	●	○	●	○	○	○	●
●	●	●	○	●	●	●	●
○	○	○	●	○	●	○	●

ETAGGWA-   ETAGGWA-   ETAGGWA-   ETAGGWA-
OKANA   OKANA   OKANA   OKANA

1	2	1	2	1	2	1	2

EL MUERTO HABLA

○	●	○	●	○	●	○	○
●	●	●	●	●	○	●	●
○	●	○	○	○	●	○	●
○	○	○	●	○	●	○	●

ETAGGWA-OKANA   *ETAGGWA-OKANA*   *ETAGGWA-OKANA*   *ETAGGWA-OKANA*

1	2	1	2	1	2	1	2
●	●	●	●	●	●	●	○
○	●	○	●	○	○	○	●
○	●	○	○	○	●	○	●
○	○	○	●	○	●	○	●

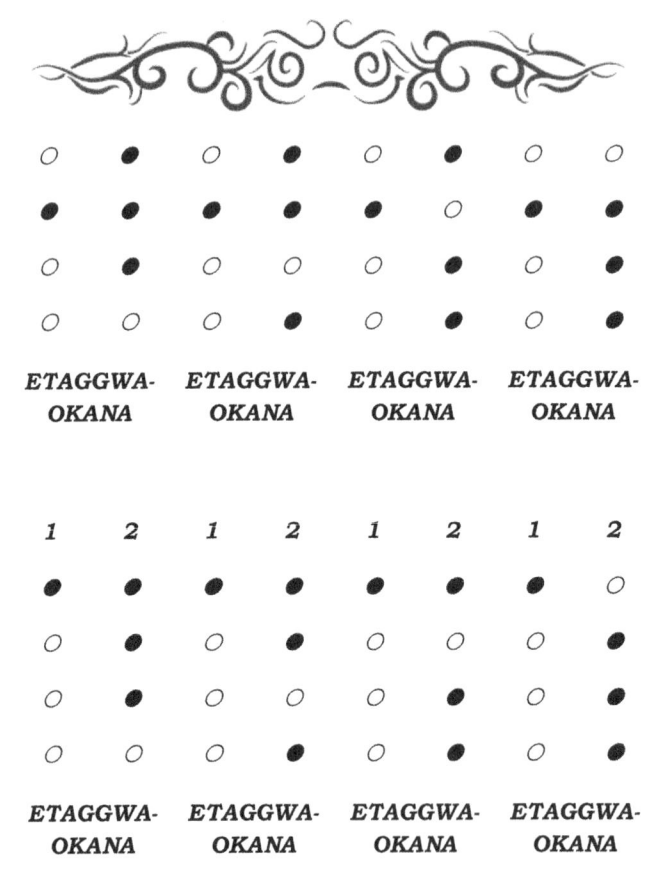

ETAGGWA-OKANA   *ETAGGWA-OKANA*   *ETAGGWA-OKANA*   *ETAGGWA-OKANA*

<u>SIGNO</u>: *ETAGGWA (NA MBUZU) y OKANA (MOSI-MOSI)*

<u>COMBINACIÓN</u>: *(ETAGGWA) NA MBUZU + (OKANA) MOSI-MOSI*

<u>ODU</u>: *NA MBUZU-MOSIMOSI.* <u>IDEA</u>: *NO*

EL MUERTO HABLA

• *COMBINACIÓN N° 10*

1	2	1	2	1	2	1	2
O	●	O	●	O	●	●	●
O	●	O	●	●	●	O	●
O	●	●	●	O	●	O	●
●	●	O	●	O	●	O	●

ETAGGWA-   ETAGGWA-   ETAGGWA-   ETAGGWA-
OYEKU   OYEKU   OYEKU   OYEKU

<u>*SIGNO*</u>*: ETAGGWA (NA MBUZU) y OYEKÚN (KUVAFUNA)*

<u>*COMBINACIÓN*</u>*: (ETAGGWA) NA MBUZU + (OYEKÚN) KUVAFUNA*

<u>*ODU*</u>*: NA MBUZU-KUVAFUNA.* <u>*IDEA*</u>*: NO*

EL MUERTO HABLA

• *COMBINACIÓN N° 11*

1	1	1	1	1	1
●	○	○	●	○	●
○	●	○	●	●	○
○	●	●	○	○	●
●	○	●	○	●	○
EYEIF E	*EYEIF E*	*EYEIF E*	*EYEIF E*	*EYEIF E*	*EYEIF E*

SIGNO: *EYEIFE (KISONO)*

COMBINACIÓN: *NO ADMITE COMBINACIONES EN RESPUESTAS SENCILLAS DE SÍ O NO*

ODU: *KISONO.* IDEA: *SÍ*

COMBINACIÓN N° 12

1	1	1	1
●	●	●	○
●	●	○	●
●	○	●	●
○	●	●	●
OKANA	OKANA	OKANA	OKANA

SIGNO: OKANA (MOSI-MOSI)

COMBINACIÓN: NO ADMITE COMBINACIONES EN RESPUESTAS SENCILLAS DE SÍ O NO

ODU: MOSI-MOSI. IDEA: NO

COMBINACIÓN N° 13

1

●
●
●
●

OYEKÚN

SIGNO: *OYEKÚN (KUVAFUNA)*

COMBINACIÓN: *NO ADMITE COMBINACIONES EN RESPUESTAS SENCILLAS DE SÍ O NO*

ODU: *KUVAFUNA.* **IDEA:** *NO*

NOTA:

*Los números en la fila superior (**1**) y (**2**), indican la primera lanzada del Shamalón y la segunda lanzada del Shamalón. Cuando aparece un solo número (**1**), indica que es una sola lanzada del Shamalón.*

*Los esquemas anteriores se refieren al **KIÁ-A-MA-LOANGO** (**SHAMALÓN**), en su posición de jerarca dentro de **PALO MONTE** y su enfoque en base a los puntos naturales, ya que, es el intermediario entre la persona jurada y el fundamento entregado. El mismo posee una compleja interpretación que escapa del simple **SÍ** o **NO** de la pregunta efectuada a la prenda de Palo Monte. El **SHAMALÓN** es regido por una deidad denominada **LUCERO** (**ESHU**), el cual comunica con el ancestro jurado y determina la respuesta a través de caídas específicas, las cuales se han denominado **POSICIÓN ESPACIAL** y que reflejan un **MPUNGO** (deidad) que diagnostica la pregunta y que es una forma matemático-angular del **SHAMALÓN** sobre la tierra, reflejo de lo que ocurre en el espacio sobre la base de los choques de energía que genera el juramento sobre la persona. Tomando en cuenta los anteriores esquemas, los mismos se definen de la siguiente manera; son los cuatro **IYAMPUTOS** hablando por su cara cóncava,* *interna o "blanca", que es la que está en contacto con la masa comestible del coco y en los esquemas se definen los conceptos primarios que ellos emiten en sus caídas. El **SHAMALÓN** está en contacto directo con los elementos naturales que conforman el inicio de la vida: **FUEGO, AIRE, AGUA** y **TIERRA**. Cayendo una de las conchas (**IYÁMPUTO**) del juego del **SHAMALÓN** boca abajo, por su cara convexa, muda o "negra", que es la parte externa del coco, el concepto emitido en los anteriores esquemas, cambia de manera radical y debe interpretarse de acuerdo a la consulta que se esté haciendo en ese momento. Siempre se mantiene el elemento natural asociado al **SHAMALÓN**, no importando si cae en su cara cóncava o convexa (blanca o negra, hablando o muda). Lo colocado en los recuadros de la derecha del primer esquema, se refiere a la posición corporal que adquiere el **SHAMALÓN** en sus diferentes caídas, ya que, debe ser visto como "**EL REFLEJO DEL SER HUMANO EN LA TIERRA**". Si una de las conchas del*

***SHAMALÓN**, cae boca abajo u oscura, la misma debe interpretarse como un proceso patológico específico que está afectando a la zona referida por la concha y debe aclararse con tiempo. En el segundo esquema, se aprecia la posición que toma el **SHAMALÓN** en su esquema terrestre, ubicando los elementos naturales que lo constituyen, así como también, los cuatro puntos cardinales que lo rigen.*

REGLAS DEL KIA-A-MALOANGO (SHAMALÓN)

***1.**- Dos (2) conchas de coco montadas una sobre la otra$_1$ boca arriba, es decir, uno sobre la cara cóncava de otro, indican que se avecina un bien en el camino a través de la prenda de Palo Monte. Si se montan morochos o dobles, llamados en lengua Bantú ZOLE-**ZOLE** o **MEJIS**, el bien anunciado se encuentra en la entrada de la casa o el dinero que se espera ha llegado. Se recoge el juego de **IYÁMPUTOS**, se besan* *y se le dan las gracias al fundamento de Palo Monte y a los Ancestros.*

*2.- Si al lanzar el juego de **IYÁMPUTOS**, caen dos conchas de coco montadas, una boca arriba y la otra boca abajo, es decir, una cara cóncava y la otra convexa, sobre la tabla o la estera o el paño y esto indica letra tapada y tiene como significado primordial **"EXISTE UNA TRAMPA QUE LO VA A PERJUDICAR"** y esta posición tapa la visión de la consulta, por lo que se debe hacer una investigación con detenimiento: si es del ambiente que lo rodea, si es en el ámbito laboral, si es una cuestión sentimental, sí es por un dinero, si es una "cacería" por parte de un enemigo, etc.*

*3.- Si al lanzar el juego de **IYÁMPUTOS** (**conchas de coco**) y estos caen montados uno sobre el otro y boca abajo, es decir, mostrando la cara convexa o rugosa de la misma, que es la cara oscura, la prenda de*

*Palo Monte anuncia que hay un arrastre que hay que eliminar y que vienen tiempos difíciles a la persona. Se deben tomar esos dos **IYÁMPUTOS**, se frotan con cascarilla, luego se le sopla un buche de caña clara (**aguardiente**) y se lanzan nuevamente, teniendo en reserva una cosa delicada por ocurrir (una traición, una discordia, una discusión, malos entendidos, una agresión verbal o física, etc.). Se le debe preguntar al fundamento ¿qué quiere? ¿Qué avisa? ¿Qué está mal hecho? ¿Qué obra hay que hacer?*

4.- *Si al lanzar el juego de **IYÁMPUTOS**, caen dos conchas de coco montadas, una boca abajo y la otra boca arriba, es decir, una cara convexa y la otra cóncava, sobre la tabla o la estera o el paño y esto indica letra tapada y tiene como significado primordial **"LA SUERTE ESTA CUBIERTA O TAPADA"** y esta posición tapa la visión de la consulta, por lo que se debe hacer una investigación* *con detenimiento: si es del ambiente que lo rodea, si es en el ámbito laboral, si es una cuestión sentimental, sí es por un dinero, si es una "cacería" por parte de un enemigo, etc.*

5.- *Un **IYÁMPUTO** de canto (**parado sobre su borde**) indica que una entidad espiritual se encuentra "parada" debido a una grave falta de respeto para el fundamento de Palo Monte. Aquí, en esta posición, se debe investigar uno mismo y buscarse dentro de sí qué cometió. Representa un bloqueo de la espiritualidad de Palo Monte. Anuncia también, que se va a pasar por un grave problema de salud. Si caen dos conchas de coco (**IYÁMPUTOS**) de canto, avisa de un muerto en la familia o la suya propia y es menester consultar con un mayor, para*

buscar la solución rápida al problema.

6.- *Las letras o signos con* **IYÁMPUTOS** *montados son posiciones que no responden a su búsqueda, sino al ámbito de la neutralidad de los Ancestros. Las preguntas se repiten, previa solución al problema planteado por el juego de* **IYÁMPUTOS**, *ya que, ponen en duda la veracidad de las respuestas y no contestan a las mismas.*

7.- *Si un* **IYÁMPUTO** *(****concha de coco****) se llegase a romper en plena consulta, la misma debe parase, limpiar con lo que se tenga a la mano al* **IYAMPUTO** *y a Ud. mismo. Se recoge la concha de coco rota y se envuelve en un papel de bolsa y se le agregan ciertas cosas y se entierra en el monte. El significado de esto es que, se ha roto una de las columnas de sostén de su prenda de Palo Monte y debe ser llevada a su sitio de origen para que sea purificada. El hecho de que una concha de coco se rompa es significativo, y debe ser investigado por un mayor de la persona jurada, independientemente del cargo que* *desempeñe y de los juramentos efectuados y de los poderes recibidos, ya que se avecina una brusca caída de su espiritualidad. Es de hacer notar que esto raras veces ocurre, pero al pasar, se debe acudir a su mayor de juramento.*

NOTA: *Las conchas de coco, consagradas y juradas, de manera personal y con su fundamento, en conjunto se denominan* **KIÁ-A-MALOANGO (SHAMALÓN)** *Una concha de coco jurada, consagrada, por sí sola, se denomina* **IYÁMPUTO.**

Posiciones espaciales del Kia Malon

-1°-

POSICIÓN ESPACIAL

O

O

O

O

SAMBIA (DIOS)

Esta posición espacial recibe toda la fuerza de lo más grande a la tierra. Es simbología de rogarse la cabeza y atenderla siempre. La idea que emite el fundamento de palo monte será valiosa y siempre por encima de todas las cosas. Indica que el sitio donde resida la prenda, debe estar limpio. Se manifiesta el ashé, la gracia (wanga) por parte de la deidad de palo monte. Es el nivel de atención personal y al fundamento, así como, de todas las deidades que lo acompañan.

-2°-

POSICIÓN ESPACIAL

O O O

O

MUSINA SAMBIA

(LA CEIBA)

Confesión. Peticiones. Nacimiento de la religión. Consagraciones profundas de las personas a jurar palo monte o las ya juradas. Descanso de la vida. Sombra protectora. Es la impulsora de los buenos o malos deseos. Se le considera, realmente, un poder dentro de Palo Monte.

-3°-

POSICIÓN ESPACIAL

O   O

O   O

NFUMBI

(EL MUERTO)

Simbología que representa la unificación de la tierra para con el espacio. En este rectángulo, que forma esta posición espacial del Shamalón, se encuentra la rectitud del fundamento y del nfumbi y es su palabra sagrada, en concordancia con el juramento: **NSALA MALEKUM**. *Da firmeza a su ángel de la guarda y a su cabeza. La figura encierra los polos de la tierra, las deidades de: fuego, aire, agua y tierra; la posición* *geomántica de los cuatro puntos cardinales. Es el sarcófago de adoración donde se guarda el misterio de los egipcios. Es donde reposa el entendimiento y la cultura que hay que explotar para beneficio de la humanidad.*

-4°-

POSICIÓN ESPACIAL

O O O O

LUCERO MUNDO

(ELEGGUÁ)

EL MUERTO HABLA

Simbología en línea recta, horizontalizada. Principio y fin de la vida. Es el alfa y el omega de Palo Monte. Nacimiento y muerte, haga lo que haga en la vida. Son los extremos de la vida y en el fundamento de palo monte. Representa la lucha por la vida, con sus respectivos tropiezos. Es el camino de la búsqueda de uno mismo, para obtener la tranquilidad. Lo que comienza bien, termina bien; lo que comienza mal, termina mal. No juzgues, que en el tribunal superior esperan por ti.

-5°-

POSICIÓN ESPACIAL

O O

O　　　O

ZARABANDA

(OGGÚN)

Es la simbología de la fuerza en la tierra. Es la paciencia de pensar y esperar que las cosas lleguen en el debido momento. Se representa con un ángulo recto y el cuarto punto alejado del mismo. Es la firmeza y la seguridad de estar en la tierra. Son los tres puntos de la realización perfecta. Es la comunión del ángel de la guarda con el fundamento y la persona iniciada para fijar el objetivo y lograrlo. Es la puerta del misterio hacia la verdad. Dicho triángulo da la firmeza hacia la estabilidad moral.

-6°-

POSICIÓN ESPACIAL

```
      O

  O       O

      O
```

WATARIAMBA

(OSHOSI)

Representa la determinación en la vida, la seguridad de enfrentar las cosas que se plantean. Es la flecha que sigue lo apuntado hasta lograr su objetivo. Es el poder del monte. Indica grados en las jerarquías para las personas. Es la salutación al infinito por lo obtenido en la vida. Se observa y se piensa en la compañía del monte.

-7°-

POSICIÓN ESPACIAL

O

O   O

O

MPUNGO ORIYAYA

(OSUN)

Representa la cabeza vigilante de todas las

cosas. Es el espíritu de la persona hablando. Dentro de la tradición ancestral, referida al culto de los antepasados (palo monte), es la fuerza liberadora de todas las ideas, positivas o negativas, así como también, de guardar la represión de la venganza. Indica las llamadas "corazonadas", a las cuales hay que hacerles caso, porque indican ciertos pasos a seguir. Su posición demuestra la asistencia a los fundamentos de palo monte.

-8°-

POSICIÓN ESPACIAL

O

O   O

O

SIETE RAYOS

(SHANGÓ)

Es la posición del decapitador, ya que su forma de espada, indica que la justicia se ejecuta a aquel que comete graves faltas y difama de las estructuras de la tradición ancestral. Es el sacrificio en la vida para obtener lo que se quiere. Representa la libertad de hacer las cosas en base a la inteligencia. Es la cruz que tiene la humanidad y que cada quien debe cargar y saber iluminar, para que sea menos pesada. Fuego y cruz producen el gran dolor moral que acompaña a las generaciones. Es el paso del tiempo y la adoración profunda a los fundamentos. Es el lado oscuro que irradia a la gran verdad. Es la luz que debemos buscar todos para entender nuestro paso por la vida.

EL MUERTO HABLA

-9°-

POSICIÓN ESPACIAL

O O

O

O

KUNANKISA

(ODDÚA)

Representa la iluminación central del ojo de la divina providencia. Es la luz que reúne a todas las luces. Es el cayado de la ley. Posición espacial que conlleva a procesos ceremoniales casi desconocidos. Transmuta al fundamento de palo monte una energía que lo asienta más en la tierra. Gira entorno a la adivinación perfecta. Es la ley de la moral y las buenas costumbres. Es la inteligencia dentro de palo monte.

-10°-

POSICIÓN ESPACIAL

O

O O

O

TIEMBLA TIERRA

(OBATALÁ)

Simbología en forma de rombo o de diamante (rígido); es lo que no se puede romper. Es la dureza de la inteligencia. Representa la luz del cosmos y que rompe en múltiples destellos. La interpretación de la sabiduría. Es el amor a las cosas materiales. La bondad en el agradecimiento a las atenciones y la caridad para dar desinteresadamente. Flexibilidad. Es la armonía para equiparar la lógica de las cosas.

-11°-

POSICIÓN ESPACIAL

O

O O O

KALUNGA

(YEMAYÁ)

Posición en forma de ola. Es lo que va y viene, de lo más lejos a lo más cerca. Principio de la flexibilidad energética. Se dice que es la fuerza del amor maternal. Es la inquietud y el dolor por el pujo del parto. Lo que se lanza con fuerza, regresa de la misma manera: desde el punto de vista de la física de los movimientos, se conoce como el principio de acción y reacción. Es la simbología de armonizar las fuerzas opuestas: de lo uno y de lo otro.

-12°-

POSICIÓN ESPACIAL

O O

O   O

SHOOLA

(OSHÚN)

Simbología en forma de semi-esfera o de arco. Se puede decir que es un arco iris, por su belleza y tranquilidad después de la tormenta. Es donde renacen las energías y la creación de la positividad de las cosas por hacer. Nacen las riquezas espirituales y materiales; así como también los caminos turbios por la incomprensión del "yo" interno. Es la expresión de la inteligencia y de la lógica deductiva. Por su forma, representa el fondo de un recipiente, en donde se guardan las cosas o el fondo de la canasta de un fundamento o la mano que tiende a agarrar algo o el mismo útero de la mujer. Es por lo tanto, la que todo lo puede.

-13°-

POSICIÓN ESPACIAL

O O O

O

CENTELLA NDOKI

(OYÁ)

Esta posición recuerda la colocación de los ataúdes en la antigüedad, es decir el sarcófago colocado en un punto de sustentación amplio en su centro. Es la muerte misma y el llorar por la desaparición física más no, espiritual. La tierra recibe su pago a través de la muerte, ya que, todo no es eterno. Disgregación. Revolución, ya que todo está al revés. Es donde se pagan las "deudas". Es la simbología de los cambios en la forma de existir: el que se enferma y no se cuida, muere. Guerra. Violencia escondida, es decir, la misma traición.

-14°-

POSICIÓN ESPACIAL

O

O

O   O

MPUNGO MBANI

(OKE)

Representa el camino a la grandeza, al cual todos quieren llegar, pero pocos lo alcanzan. Es la montaña misma y para llegar a la cima, se debe hacer un gran sacrificio personal y de mucha constancia para vencer el reto al que se enfrenta. Es el misterio del respeto a la dificultad. En esta simbología se representan los niveles de incompetencia, es decir, que cada quien tiene un tope y pasar sobre él, es hacer el ridículo.

-15°-

POSICIÓN ESPACIAL

O O

O

O

NKITAN KITÁN (AGGAYÚ SOLÁ)

EL MUERTO HABLA

Posición espacial en forma de muleta; a los ojos de la persona, se ve en forma de "y". Representa el bastón del fundamento. Es la ayuda que se busca ante los ojos del mundo, cuando se sigue una vida desordenada en lo espiritual, en lo moral y en lo físico. Cuando aparece esta posición, indica el cetro del taita Nganga, que es sinónimo de poder, inteligencia y decisión. Es lo desconocido, que en un momento dado, arropa a todo el mundo. Emana una energía de alta interpretación.

-16°-

POSICIÓN ESPACIAL

O

O O O

TOTONKÚA

(OBBA)

Simbología en forma de triángulo equilátero con su vértice hacia arriba. Es la petición con humildad y paciencia. Cuando las manos se unen y se tocan las palmas de las mismas entre sí, se obtiene el brillo de los ancestros, para que escuchen las peticiones. Es la necesidad de que se tomen en cuentan muchas cosas. La deidad de palo monte se adora con la fuerza del corazón y los cinco sentidos en total unificación mental.

-17°-

POSICIÓN ESPACIAL

O

O

O O

NCHILA KUNANGONGO

NGONDA (YEWÁ)

Se visualiza como un horqueta, pero invertida. Este símbolo indica sentencia firme, ya que es la marca de la vida. Habla la virginidad, la inocencia, la pureza del ser humano, la no ruptura de las cosas. Es el espacio de tiempo para entender la tradición ancestral africana. Esta posición espacial indica el respeto que se le debe prestar al fundamento de palo monte o la tragedia arremeterá contra la persona.

-18°-

POSICIÓN ESPACIAL

O   O

O   O

NTONGA MAMBA MÚNGUA
(NANÁ BURUKÚ)

Nadie sabe donde encontrará su desgracia. Representa una fase lunar llamada cuarto menguante, vista de abajo hacia arriba. Dos a dos en forma de arco. Es la manifestación de los viejos ancestros de la noche. Posición de la fantasía mental del ser humano sobre la tierra. Lo bueno y lo malo andan juntos de la mano durante la noche. Pensamiento lejano de cómo ejecutar las cosas, porque se plantean situaciones ilógicas al pie de la prenda de palo monte.

-19°-

POSICIÓN ESPACIAL

O

O O O

COBAYENDE

(SAN LÁZARO)

Simbología en forma de "cama". Es la misma enfermedad. Indica que se anda con penas profundas en la vida. Se manifiesta ausencia total de la salud, es decir, tribulación e invalidez es lo peyorativo de ésta simbología. La fetidez y la actitud miserable ante la vida marcan los procesos degenerativos de la persona y el fundamento de palo monte. Hay que cuidar mucho a la familia y a la deidad que rige la prenda entregada.

EL MUERTO HABLA

-20°-
POSICIÓN ESPACIAL

OO

O

O

NGÁNGUMUNE
(INLE)

Simbología que representa el bastón de la salud, es el esculapio de palo monte. Apoyo de la deidad de palo monte, para apoyarse a andar con la persona y mantenerla erguida. Es la posición de pensar que nada es eterno y se pueden sufrir cambios bruscos en la salud. La vida y la muerte andas juntas, y los cambios son sorpresivos y el desenlace puede ser nefasto, haga lo que se haga. Gurunfinda–Osain se apoya mucho en esta deidad. Cayado y serpiente se unen en esta posición, lo que significa que la traición forma parte del ser humano y es la vida misma.

-21°-

POSICIÓN ESPACIAL

OO OO

NTALA ATÍ NSAMBA
(LOS JIMAGÜAS)

Dos a dos en línea recta. Toman su asiento o virtud junto con Lucero Mundo, Zarabanda, Watariamba y Mpungo Oriyaya. Son deidades poseedoras de la gracia divina. El poder y la reverencian andan juntos. Es el poder de la unificación de los criterios y el vencimiento de las grandes dificultades. Un campo físico siente a distancia lo que le acontece al otro.

-22°-

POSICIÓN ESPACIAL

O

O OO

MUSILANGO

(ORISHA OKO)

Simbología que representa una ola llegando a la orilla, en donde la vida cobra fuerza en la tierra. Nace la fertilidad. Es la unión del agua con la tierra. Es la misma adoración de lo bueno y de lo malo. Es la ola que revienta en la orilla y modifica la tierra, es decir, los cambios son empujados por fuerzas desconocidas conllevando a situaciones no esperadas y la persona iniciada debe tener un temperamento bien establecido que no permitirá su caída.

-23°-

POSICIÓN ESPACIAL

O   O

O

O

GURUNFINDA (OSAIN)

Secreto de la vida y de la muerte. Escucha y habla con tu conciencia, que es la conciencia del juramento. Es el respeto profundo que emana de la profundidad del monte. Su posición espacial representa un tridente, que es símbolo de inteligencia y seguridad, de observación y silencio. Anuncia que las cosas son paso a paso y no apuradas, ya que pueden ocurrir trastornos de índole mental, por el desespero de que las cosas no funcionen. En este firmamento se apoya, de manera muy especial, la prenda de palo monte. Da el paso a los ancestros.

24°-

POSICIÓN ESPACIAL

O   O

O   O

BAKULA NGANGA

(LOS ANCESTROS)

Posición espacial que representa la huella de los ancestros. Es el gran poder, desconocido, que se acerca al fundamento de palo monte y a la persona iniciada, para indicarle que debe compenetrarse más con el mismo y hacer un gran acto de conciencia de las fallas cometidas. Manifiesta en su gran profundidad el culto a todos ellos y la lógica a aplicar en las obras a efectuar.

-25°-

POSICIÓN ESPACIAL

O   O

O   O

LOMBOÁN FULA

(ORÚNMILA)

Es la cuadratura del tiempo y el espacio. Realización perfecta. La paciencia sostenida de la persona. Da seguridad y firmeza a la persona iniciada y al fundamento de palo monte, junto con la deidad que lo acompaña. Esta simbología es el respaldo de palo monte. Es la comunión geomántica del fuego, aire, agua y tierra. Es el misticismo dentro de las posiciones espaciales del Shamalón, ya que obliga a interpretar, profundamente, al fundamento.

-26°-

POSICIÓN ESPACIAL

O   O

OO

NDOKI (ESHU)

Nacimiento de la maldad sobre la tierra. La traición, la envidia y la muerte forman el parámetro de la vida. Posición espacial que indica deseos de poder. Se forman los grandes tropiezos en la vida. Firmamento de inteligencia marcada y de lógica deductiva, así como tener presente los pequeños detalles. Nacen las parábolas, para la interpretación del fundamento de palo monte. Aquí se engaña con sutileza. Induce a que se cometan actos que no son cónsonos con la vida. Esta posición espacial, realmente, soluciona problemas al pie de la prenda y de la deidad que lo rige. Acompaña a los ancestros en su viaje a la tierra. Son las espaldas del nfumbi de palo monte.

-27°-

POSICIÓN ESPACIAL

O

O

O

O

NSIMBO

(DINERO, EVOLUCIÓN, CAMBIOS)

Posición espacial de evolución espiritual y económica o de grandes cambios en la vida. Cuando se habla de mudanza, hay que preguntar a que se refiere, ya que se puede prestar a confusiones. Los grandes cambios, también están enmarcados en las formas de existir, es decir, una enfermedad o accidente inesperado, que pueden conllevar a la muerte. Ojo: investigar.

-28°-

POSICIÓN ESPACIAL

OO

OO

NKITA KIAMASÁ

(OLOKUN)

Posición espacial que representa lo más profundo de los fundamentos de Palo Monte. Es la riqueza espiritual de la deidad que reina en la prenda. Indica el susurro del "yo" interno de la persona, para la ejecución de las cosas. Se presenta como un conglomerado y a la vez dispersa lo malo. Se manifiesta para avisar de espíritus obsesores.

-29°-

POSICIÓN ESPACIAL

MUÑANGA

(ESHU ALAGGUANA)

Esta posición, que se suele confundir con un signo en wanga (iré: evolución), se debe detallar muy bien en la disposición de los iyámputos (conchas de coco) montados uno sobre otro en la cabeza de la figura, ya que, no cubre en su totalidad al elemento que está por debajo. Esta posición es indicativa de una situación espiritual negativa que perjudica, de una entidad oscura enviada por personas religiosas, de falta de atenciones al Lucero o de hacerle un sacrificio al Lucero, dependiendo de lo que requiera. Esta faceta debe ser investigada en su totalidad, agotando todos los recursos para evitar males mayores.

-30°-

POSICIÓN ESPACIAL

O

O

O

O

ESPIRITUALIDAD DE MPUNGO ORIYAYA (OSUN)

Esta posición es la que define lo místico de las presentaciones en el monte previa a la consagración de la persona. Se refiere a los levantamientos en cada punto natural y al juramento en sí. Explica la unión de lo espiritual y lo material en cada fundamento y se relaciona, intrínsicamente con los mbozos (marcas) de la iniciación. Indica el paso vida-muerte-vida del iniciado para conocer la prenda jurada y entregada, debido a que el espíritu de uno vive con el juramento y viceversa.

<u>Letras del Kia Malon y sus posiciones espaciales</u>

A) ○○○○

- ***NOMBRE GENÉRICO****: LUSAKUMUNU (ALAFIA).*

Signo de luz, positivo, masculino. Presenta varias variantes en función de su caída, sobre la base de la posición espacial en que caigan los IYAMPUTOS (conchas de coco). Dice SÍ a la pregunta efectuada, pero hay que confirmarla, es un si condicionado, ya que su significado es el aire. Si se repite LUSAKUMUNU, entonces se dice que la letra u ODU es meji (ZOLE-ZOLE) y ratifica el "SI". Si sale NA MBUZO, después de LUSAKUMUNU, expresa que para que el "SI" sea completo, habrá que localizar una dificultad que entorpece la buena marcha del asunto. Si sale KISONO después de LUSAKUMUNU, significa un "SI" rotundo y seguro. Si sale MOSI–MOSI después de LUSAKUMUNU, expresa "algo mal hecho o mal interpretado"; dice rotundamente que "NO" a lo que se pregunta; depende de lo que se desee adicionalmente el fundamento para que a cambio proporcione la firmeza de la afirmación de LUSAKUMUNU. Si sale KUVAFUNA, se confirma la presencia de un espíritu, que no es el del fundamento, y que por la posición espacial que emita, viene a dar un consejo o a perturbar y será preciso averiguar que quiere esa entidad; también anuncia la muerte próxima de alguna persona; en este caso se deberán agotar las posibilidades investigando todo al respecto. Cuando esto sucede, el "SI" que anunció LUSAKUMUNU estarán en dependencia del resultado de la investigación mencionada. Representa una bendición por parte de los ancestros. Este signo demuestra que de alguna manera, puede estar presente "la manifestación del bien y del mal", en cualquier momento y en cualquier lugar del mundo. Es el cielo mismo y hay que buscar su base en la tierra.

"LA MUCHA LUZ PRODUCE OSCURIDAD, YA QUE, CERRAMOS LOS OJOS MOMENTÁNEAMENTE Y NOS DESCONECTAMOS DEL ESPACIO Y DEL TIEMPO Y ENTRAMOS EN LA NADA".

Son los ojos de los Mpungos en función de la prenda, es decir los matari que se encuentran en el fundamento y que representan los diferentes levantamientos efectuados en el monte en presencia de la persona que jura la TRADICIÓN ANCESTRAL AFRICANA o CULTO A EGGUN. Su interpretación se busca cuando caen las cuatro conchas de coco o IYAMPUTOS boca arriba o con la cara cóncava hacia arriba.

SIGNIFICADO*:*

BENCICIÓN.

- ***CARACTERÍSTICAS****:*
ORDEN EXTERNO. FIGURA CELESTE. ASPECTO DE AGUA.

- ***REFRÁN DE LUSAKUMUNU****:*
TODOS NECESITAMOS EL BIEN, PERO TODOS NO SABEMOS APRECIARLO.

- ***DEIDADES QUE HABLAN EN LUSAKUMUNU****:*
TIEMBLA TIERRA. MPUNGO LOMBOÁN FULA. NTALA ATI NSAMBA. COBAYENDE. SIETE RAYOS.

MPUNGOS Y SUS POSICIONES ESPACIALES

TIEMBLA TIERRA (OBATALÁ)	MPUNGO LOMBOAN FULA (ORÚNMILA)	NTALA ATI NSAMBA (IBEYI ORO)	COBAYENDE (SAN LAZARO)	SIETE RAYOS (SHANGÓ)
O O O O	O O O O	OO OO	O O O O O	O O O O O

B) ○○○●

- **NOMBRE GENÉRICO**: *NA MBUZO (ITAWA).*

Signo de prevalencia de luz, pero con un

punto oscuro, el cual hay que averiguar y que indica que falta algo o que la pregunta no fue efectuada con la suficiente claridad. La lógica indica que la pregunta debe repetirse, para tener un total entendimiento entre el fundamento y la persona iniciada que está interrogando a su prenda. Es un SÍ DUDOSO. Se debe hablar claro y con firmeza y no andar con titubeos, ya que es la verdad oculta del fundamento y el anuncio de la búsqueda de situaciones específicas. Hay que tener cuidado con una dificultad, enemigo oculto u oposición; falta algo por hacer. Es probable lo que se pregunta, pero depende de que se haga alguna obra o rezo específico que mande el fundamento de Palo Monte, en función de la posición espacial del signo inicial. Si LUSAKUMUNU precede a NA MBUZO, expresa seguridad, "SI" rotundo, en respuesta a lo que se pregunta. En caso de al lanzar por segunda vez el conjunto de cuatro conchas de coco o IYAMPUTOS que en su conjunto se denomina KIA-A-MALOANGO o SHAMALÓN y se repite el mismo signo, esta segunda lanzada, debe confirmarse, ya que, el fundamento de palo monte no admite dudas y la persona iniciada o jurada debe estar clara en su posición ante los ancestros y debe intentar buscar en su YO interno en que duda. Con KISONO, en segunda posición, es una reafirmación máxima del "SI" y de todo lo que expresa el signo en general. Si le sucede MOSI-MOSI es un "NO" rotundo, concreto a lo que se pregunta. Con KUVAFUNA, es un "NO" definitivo y hay que preguntar que es lo que se ha presentado y preguntarle que es lo que quiere, definiendo la posición espacial de la simbología. El punto oscuro de este signo define el ámbito masculino o femenino de la letra; sí es superior o inferior; si es de derecha o de izquierda (esto se basa en la cuadratura del espacio geomántico o de los cuatro puntos cardinales: norte, sur, este u oeste). Su interpretación se basa cuando caen tres conchas blancas o cóncavas hacia arriba y una concha oscura o convexa hacia abajo.

- **_SIGNIFICADO_**:
DE FRENTE.

- **_CARACTERÍSTICAS_**:
ORDEN EXTERNO. FIGURA TERRESTRE. ASPECTO DE TIERRA.

- **_REFRÁN DE NA MBUZO_**:
TODO EN LA VIDA TIENE SU OPOSICIÓN. TODAS LAS COSAS TIENEN SU SOMBRA, NO HAY PRIMERO SIN SEGUNDO NI SEGUNDO SIN PRIMERO. LO QUE SE TE OPONE, TIENES QUE GANÁRTELO PARA QUE AUMENTE TU PODER; SI LO DESTRUYES NO TE ESTORBA, PERO REBAJA TU PRESTIGIO.

- **_DEIDADES QUE HABLAN EN NA MBUZO_**:
SIETE RAYOS. MPUNGO NGANGAMUNE. SHOOLA. KALUNGA. ZARABANDA. LUCERO MUNDO. WATARIAMBA.

EL MUERTO HABLA

MPUNGOS Y SUS POSICIONES ESPACIALES

SIETE RAYOS (SHANGÓ)	NGANGAMUNE (INLE)	SHOOLA (OSHUN)	KALUNGA (YEMAYA)	ZARABANDA (OGGÚN)
O O O O	O O O O O	O O O O	O O O	O O O O
LUCERO MUNDO (ELEGGUÁ)	WATARIAMBA (OCHOSI)			
O O O O	O O O O			

C) ○○●●
- ***NOMBRE GENÉRICO:***
KISONO (EYEIFFE).

Signo mixto, de luz y oscuridad combinado entre sí mismo. Es el signo maestro del equilibrio entre el fundamento de Palo Monte y el iniciado en dicha regla. Adelante y atrás: unos ojos van adelante y otros atrás, cuidando, avisando, previniendo. Vida y muerte andan de la mano; al igual que la alegría y la tristeza, la abundancia y la carestía. Es el YING y el YANG de PALO MONTE. En este signo hay que fijarse muy bien en la posición espacial del KIA-A-MALOANGO o SHAMALÓN, ya que, habla en conjunto el fundamento de Palo Monte, en su esencia de NFUMBI, así como también, el matari del levantamiento específico en su posición espacial (vida y muerte). Esto indica que el mpungo que habla en la posición espacial quiera algo específico, que aunado al NFUMBI, sirva para mantener la evolución de lo interrogado o de la obra efectuada en el espacio y en la tierra. "LA MANO IZQUIERDA UNIDA A LA MANO DERECHA, PROYECTAN AL ESPACIO TU "YO", JUNTO CON TU ANCESTRO Y TU ANGEL DE LA GUARDA". Es un SÍ ROTUNDO; no presenta dudas a lo interrogado al fundamento. Esta simbología confirma la amplitud del intervalo pregunta-respuesta. Es la unificación del Cielo (mano derecha) y la Tierra (mano izquierda) y en el centro el fundamento y la persona iniciada o jurada en Palo Monte. Da una total seguridad, si se interroga bien al fundamento, de los pasos a efectuar. Este signo saca de la oscuridad a su fundamento y concomitante a la persona iniciada. Son dos "personas" que aprueban lo interrogado de la espiral piramidal del fundamento de Palo Monte.

- ***SIGNIFICADO***:

SIGNO.

- **_CARACTERÍSTICAS_**:
ORDEN INTERNO. FIGURA CELESTE-TERRESTRE. ASPECTO MIXTO (TIERRA-AIRE).

- **_REFRÁN DE KISONO:_**
EL MUCHO BIEN O LA MUCHA GRANDEZA TIENE MUCHOS ENEMIGOS; NO LE PIDA AL NFUMBI MÁS DE LO QUE USTED NECESITA. LO QUE SE SABE NO SE PREGUNTA. NADIE VE A DIOS, NI TAMPOCO CUANDO LO PARIERON, PERO CREE QUE DIOS EXISTE Y QUE LO PARIERON.

- **_DEIDADES QUE HABLAN EN KISONO:_**
LUCERO MUNDO. WATARIAMBA. ZARABANDA. MPUNGO ORIYAYA. NTALA ATI NSAMBA. TIEMBLA TIERRA.

MPUNGOS Y SUS POSICIONES ESPACIALES

EL MUERTO HABLA

LUCERO MUNDO (ELEGUÁ)	WATARI AMBA (OCHOSI)	ZARABANDA (OGGÚN)	MPUNGO ORIYAYA (OZUN)	NTA LA ATI NSA MBA (IBEYI ORO)	TIEMBLA TIERRA (OBATALÁ)
O O O O	O O O O	O O O O	O O O O	O OO OO	O O O O

D) O●●●

- **_NOMBRE GENÉRICO_**:

MOSI-MOSI (OKANA).

Signo de prevalencia de oscuridad, en la que el punto blanco es quien habla con detenimiento en esta simbología. Dicha caída posee los siguientes componentes: tres conchas negras o IYÁMPUTOS, convexas o boca abajo y una concha blanca o IYAMPUTO, cóncavo o boca arriba. Dice NO a la pregunta efectuada por el consultante, ya que anuncia algo malo que pueda pasar, o la pregunta no fue efectuada con claridad y es un aviso del fundamento hacia la persona de que las cosas no marchan bien. Es un signo de interpretación profunda y de limpiar el camino para librarse del obstáculo que se ha presentado. Se habla de interferencia con otra deidad, la cual no permite que el fundamento esté claro. El KIÁ-A-MALOANGO debe limpiarse con un poco de cascarilla, para seguir interrogando a la prenda de Palo Monte y así, evitar confusiones a posterior. Esta posición indica principio y fin. "ESPACIO Y TIEMPO ES LO QUE MÁS DURA EN LO COGNOCISTIVO" y eso es este signo; de ahí su interpretación profunda y análisis para definir esta caída. Simplemente no es NO, es saber porqué es

NO, y esto es saber que este signo se inicia en el espacio, cae a la tierra y perdura en el tiempo. Una sola piedra inicia la edificación y una sola piedra acaba con la edificación; en este caso, la edificación es la persona jurada en Palo Monte. MOSI-MOSI es egoísta y no ve para los lados: es rey, es brujo, vive con el fuego, moldea a la piedra y controla a los espíritus. Este signo, de por sí, trae GÑURA por naturaleza y se recrea y nutre a MALALÁ en persona.

- **SIGNIFICADO**:

UNO SOLO.

- **CARACTERÍSTICAS**:

ORDEN EXTERNO. FIGURA TERRESTRE. ASPECTO DE TIERRA.

- **REFRÁN DE MOSI-MOSI**:

SOLO NO SE VIVE. NADIE LLEGA A GRANDE SIN LA AYUDA DE LOS PEQUEÑOS, YA QUE TODO EL MUNDO IMPORTA, NO DESPRECIES A NADIE, TU NO SABES QUIEN TE VA A ENTERRAR.

- ***DEIDADES QUE HABLAN EN MOSI-MOSI****:*

MALALÁ. CENTELLA NDOKI. COBAYENDE. SIETE RAYOS. NKITAN KITÁN. GURUNFINDA. LUCERO MUNDO. SHOOLA. NTONGA MAMBA MÚNGUA. YAYA NCHILA KUMANGONGO NGONDA. FUMANDANDA KIMPESO.

MPUNGOS Y SUS POSICIONES ESPACIALES

CENTELLA NDOKI *(OYA)*	**SIETE RAYOS** *(SHANGÓ)*	**NKITAN KITAN** *(AGGAYU)*	**GURUNFINDA** *(OSAIN)*	**LUCERO MUNDO** *(ELEGGUÁ)*
O O O O	O O O O	O O O O	O O O O	O O O O

EL MUERTO HABLA

SHOOLA (OSHUN)	NTONGA MAMBA MUNGUA (NANÁ BURUKÚ)	YAYA NCHILA KUMANGONGO NGONDA (YEWA)	FUMANDANDA KIMPESO (OBBA)	

o o
  o
o
	o
	o
	o
	o
	o
		o
		  o
		  o
		o o
			o
			o
			o o
			  o	

La siguiente deidad, que habla en este signo, no tiene posición espacial definida:

- **MALALÁ** *(IKÚ)*

E) ●●●●

- <u>**NOMBRE GENÉRICO**</u>:

KUVAFUNA (OYEKU).

En este signo la oscuridad del KIÁ-A-MALOANGO o (SHAMALÓN) es total, pero es el que más brilla, porque de él nacen las caídas anteriores y están en íntima dependencia, ya que, también es llamado IKÚ: es la muerte misma, que implica el norte final de la vida, sobre la base de la seguridad que genera, bien sea para resolver las cosas o bien acabar, radicalmente, las cosas y sin contemplación. En su profundidad, anuncia desgracias consecutivas, perennes, trastoques de cualquier índole, crea fantasmas y lo hace real en el cuadro mental de las personas. Geománticamente, es un signo femenino, negativo, de posición izquierda. Es "EL LADO OSCURO DE LA LUNA"; es la maldad personificada en ese momento; es comparable con el "ÁNGEL CAÍDO". Los asuntos que anuncia son peligrosos y de llegada muy rápida. Es la inversión de los polos de los IYÁMPUTOS. Se debe preguntar al fundamento qué quiere para evitar la consolidación de esta letra en la tierra y aliviar la carga de las espaldas del mismo. Es la noche misma, sin luna, de alta tensión, en la que es posible escuchar "el silencio". Lo que se amarra, no se suelta; lo que se entierra, no sale; lo que se ejecuta, se cumple. "ES EL GRAN SACRIFICIO PERSONAL PARA CONSEGUIR LAS METAS Y OBTENER LA LUZ TOTAL Y RESPIRAR EN PAZ". Es un NO ROTUNDO a lo investigado o preguntado: analice la oscuridad de tanto brillo. Ahora bien, si es una caída primaria buscando la licencia para dialogar con su fundamento, debe hacerse un acto de conciencia y recapitular los pasos andados, para conseguir en que se falló, ya que fundamento en sí, así como también los ancestros profundos que hablan en este signo, no están de acuerdo con su actitud o las cosas que se han hecho no son cónsonas con su realidad y esto conlleva a una pérdida de todos los principios y leyes establecidas por nuestros mayores, que sabemos que están ahí, más no podemos tocarlos. En esta simbología, angustia y ansiedad andan de la mano y producen la desaparición del YO material. Investíguese, aclare, analice y se verá la solución a la gran falla. KUVAFUNA significa MUERTE y muerte en todos los sentidos, arrastrando a todo su entorno bio-psico-social. Con este signo no se juega. Aquí se investiga quién se ha presentado en el registro, viendo la posición espacial del SHAMALÓN y es conveniente buscar asesoramiento de un mayor suyo.

- **SIGNIFICADO**:

MUERTE.

- **CARACTERÍSTICAS**:

ORDEN INTERNO. FIGURA TERRESTRE. ASPECTO DE AGUA.

- **REFRÁN DE KUVAFUNA**:

TODO CUANTO EXISTE ES OBRA DE DIOS, PERO ÉL NO ES SU OBRA; ÉL ES MUCHO MÁS QUE TODO. A NADIE LE GUSTA LA

EL MUERTO HABLA

MUERTE. QUIEN BUSCA MUCHO CONSEJO, SE VUELVE LOCO.

- ***DEIDADES QUE HABLAN EN KUVAFUNA:***

MALALÁ. CENTELLA NDOKI. FUMANDANDA KIMPESO. YAYA NCHILA KUMANGONGO NGONDA. SIETE RAYOS. NTONGA MAMBA MÚNGUA. SIETE RAYOS. NKITAN KITÁN.

<u>MPUNGOS Y SUS POSICIONES ESPACIALES</u>

CENTELLA NDOKI (OYA)	FUMANDANDA KIMPESO (OBBA)	YAYA NCHILA KUMANGONGO NGONDA (YEWA)	SIETE RAYOS (SHANGÓ)
O O O O	O O O O	O O O O	O O O O

EL MUERTO HABLA

NTONGA MAMBA MUNGUA (**NANÁ BURUKÚ**)	**NKITAN KITAN** (**AGGAYU**)		
O O O O	O O O O		

La siguiente deidad, que habla en este signo, no tiene posición espacial definida:

- **MALALÁ** *(IKÚ)*

EL MUERTO HABLA

Munanzo "Congo Bilula Ntoto"

Ngangas del Munanzo "Congo Bilula Ntoto
Del Taita, Hungan y Boccor, Tata Ngando:
Majuakala Nkuko Nkisi Malongo Briyumbero Congo
Ndoki Vira Mundo Tiembla Tierra.
Y el Tata Nkisi Malongo: Lucero Mundo Karile
Batalla Briyumba Congo

EL MUERTO HABLA

*Nganga de Lucero Mundo del Tata Nkisi Malongo:
Lucero Mundo Karile Batalla Briyumba Congo*

EL MUERTO HABLA

Nganga de Tiembla Tierra del Taita, Hungan y Tata Ngando: Majuakala Nkuko Nkisi Malongo Briyumbero Congo Ndoki Vira Mundo Tiembla Tierra

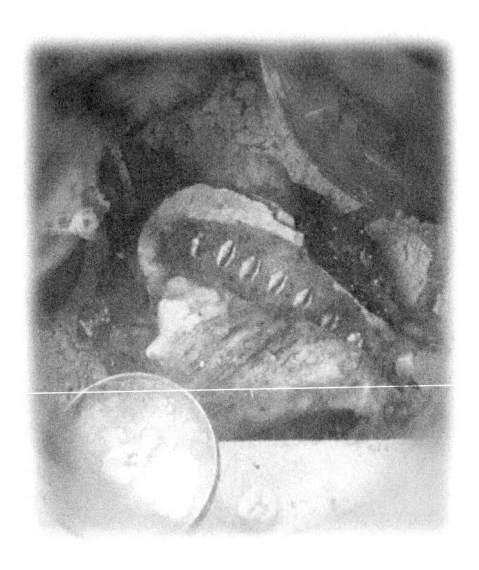

EL MUERTO HABLA

Fundamento Haitiano del Taita, Hungan y Tata Ngando: Majuakala Nkuko Nkisi Malongo Briyumbero Congo Ndoki Vira Mundo Tiembla Tierra

EL MUERTO HABLA

Nganga de Madre Agua perteneciente al Munanzo "Congo Bilula Ntoto" con un tratado conjunto de sus Sacerdotes.

EL MUERTO HABLA

Nganga de 7 Rayos perteneciente al Munanzo "Congo Bilula Ntoto" con un tratado conjunto de sus Sacerdotes.

EL MUERTO HABLA

Made in United States
Orlando, FL
24 September 2025